怪盜二十面相

江戶川亂步

譚一珂 譯

三民

國家圖書館出版品預行編目資料

怪盜二十面相／江戶川亂步著；譚一珂譯.－－初版二刷.－－臺北市：三民，2020
面；　公分.－－(少年偵探團)

ISBN 978-957-14-6621-7（平裝）

861.59　　108005370

少年偵探團

怪盜二十面相

作　　者	江戶川亂步
譯　　者	譚一珂
責任編輯	連玉佳
美術編輯	林佳玉
封面繪圖	徐　蓉
發 行 人	劉振強
出 版 者	三民書局股份有限公司
地　　址	臺北市復興北路 386 號 (復北門市) 臺北市重慶南路一段 61 號 (重南門市)
電　　話	(02)25006600
網　　址	三民網路書店 https://www.sanmin.com.tw
出版日期	初版一刷 2019 年 5 月 初版二刷 2020 年 10 月
書籍編號	S858830
I S B N	978-957-14-6621-7

※本書中文譯稿由上海九久讀書人文化實業有限公司授權使用

目錄

序章 1
捕獸夾 4
是人，是魔？ 10
魔法師 20
水池中央 24
樹上的怪人 29
壯二的下落 34
少年偵探 38
佛像的奇蹟 45
落入陷阱 51
七件道具 57
信鴿 62
奇妙的交易 67
小林少年的勝利 70
可怕的挑戰書 75
美術城 82
大偵探明智小五郎 89
不安的一夜 93
惡魔的智慧 100
巨人和怪盜 107

旅行箱和電梯 116
逮捕二十面相 126
「我是真的」 132
二十面相的新部下 136
大偵探的危機 144
怪盜的巢穴 149
少年偵探團 156
下午四點 161
大偵探動粗 166
說出內幕 172
逮住怪盜 179

─序章─

那時候，東京的大街小巷、家家戶戶，大家只要見面，就會像閒聊天氣般地談論起「二十面相」的傳聞。

每天充斥報紙版面的「二十面相」其實是一個不可思議的盜賊的外號。據說這個盜賊有著二十張完全不同的面孔，總之，他偽裝的能力是極其出類拔萃的。

不論在多麼明亮的地方，多麼近距離地觀察，也完全看不出一絲偽裝的痕跡，就好像看見了完全不同的人。不論是老人還是青年，富豪或是乞丐，學者還是流氓……甚至是女人也不例外，他都能變得和那個人完全一樣。

沒人知道這個盜賊真正的年紀，他真實的容貌也從來沒有人看過。因此誰也不知道在那二十種容貌中，究竟哪一張才是他真正的臉。不，可能連盜賊自己都已經忘記了自己的真實相貌，不斷地以不同的面孔、各種姿態出現在人們面前。

他正是這樣一個偽裝天才，讓員警也束手無策，不知道到底應該以什麼樣的容貌為目標進行搜查。

不過，值得慶幸的是，這個盜賊只偷寶石、美術品之類美麗又稀有的高價物品，好像對現金沒什麼興趣，更從來都沒有做出過傷人或殺人這樣殘酷的舉動，看起來是很討厭鮮血的。

可是，即便再怎麼討厭鮮血，作為一個罪大惡極的犯人，當自身安全受到威脅的時候，為了逃脫追捕仍然不知道會做出什麼事情來。事實上，東京的人們也是因為過分恐懼才不斷地談論著「二十面相」的。

日本那些擁有貴重物品的富商們尤其膽顫心驚和恐慌。就目前為止的情況來看，他是一個出動多少警力也無法防禦的可怕盜賊。

這個「二十面相」有一個特殊的習慣，一旦瞄準什麼貴重物品，事先必定會送出預告信，寫明哪一天什麼時間到訪拿取那個物品。這種做法也許是為了說明：哪怕是盜賊，也希望進行一場公平的決鬥；又或者說，他想炫耀自己的高超手段，即便防守再嚴密，他也能輕而易舉地得手。總而言之，他是一個狂妄大膽、目中無人的怪盜。

這個故事所講述的就是這樣一個來去無蹤、不可思議的怪盜，和日本首屈一指的名偵探明智小五郎之間的頂尖對決，是一場力量與智慧的激烈交鋒。

大偵探明智小五郎有一個名叫小林芳雄的少年助手，這個可愛的小偵探行動敏捷，彷彿一隻松鼠，也是相當有看頭的。

好了，開場白就到這裡，故事即將拉開序幕。

捕獸夾

日本東京麻布地區的住宅區裡有一棟占地三千多坪的別墅。超過四公尺高的水泥牆一直延伸到遠處，一走進莊嚴的鐵門，只見裡面栽種著巨大的鐵樹，茂盛樹葉的那一頭，是別墅氣派的正門。寬敞的日式建築不知有多少間，和鋪滿黃色牆磚的兩層樓別墅排列成鉤狀，那裡面有一個公園般寬闊而美麗的庭院。

這就是大企業家羽柴壯太郎的府邸。

現在，極度喜悅和萬分恐慌的情緒卻同時交織在羽柴一家的心頭。喜悅的是十多年前離家出走的大兒子羽柴壯一，為了得到父親的原諒，將從婆羅洲◢返回日本了。

壯一從小就是個天生的冒險家，國中一畢業就想和兩個朋友一起遠赴南洋的新天地，希望開創自己的事業，但固執的父親壯太郎並不答允，最後他擅自離家出走，乘

◢婆羅洲：亞洲第一大島，由印尼、馬來西亞及汶萊三國管轄。

坐小帆船去了南洋。

至今過了十年，原本家中沒有半點壯一的音訊，甚至不知道他的下落。然而就在三個月前，突然接到從婆羅洲山打根◢寄出的信，大意是終於成為男子漢的壯一為了獲得父親的原諒想要回國了。

現在壯一經營著山打根附近一片巨大的橡膠林，信中附有橡膠林和壯一的近照。他三十歲了，有模有樣地蓄著鬍子，已經是一個出色的成年人了。

父親、母親、妹妹早苗以及才讀小學的弟弟壯二，都滿心歡喜。壯一要在下關◢下船後轉乘飛機回來，大家翹首盼望著重逢的那天。

另一方面，瀰漫在羽柴家中那股異常恐怖的氣氛正是來自「二十面相」可怕的預告信。大致內容如下：

在下是什麼人物，想必閣下也從報紙上瞭解一二了吧！

據可靠消息，曾經裝飾羅曼諾夫王冠的六顆大鑽石被閣下作為傳家寶珍藏著。

◢山打根：位於馬來西亞沙巴州東海岸。

◢下關：指下關市，是位於日本山口縣的城市。

本人這次決定無償從閣下處獲取那六顆鑽石。近期將上門拜訪。

確切時間另行通知。

務請小心防範！

署名是「二十面相」。

羅曼諾夫王朝衰敗之後，某個白俄羅斯人獲得了羅曼諾夫家的寶冠，取下了寶石轉賣給中國的商人。寶石幾經輾轉，最終被日本的羽柴家族花了一大筆錢買下來。

這六顆寶石現在確實收藏在壯太郎書房的保險箱中。從信中來看怪盜就連寶石的所在之處都完全洞悉了。

收到這封預告信後，主人壯太郎雖面不改色，但是他的妻子、女兒，甚至連僕人們都心驚膽顫。

尤其是羽柴家的管家近藤老人，將此事視為頭等大事，他驚慌地叫嚷著趕緊去報警，還重新購入了猛犬，思索著要使出一切手段來抵禦盜賊來襲。

羽柴家附近住著一戶巡警，近藤管家拜託這巡警輪流叫來一些不值班的朋友，使府邸內隨時都有兩三名巡警以防不測，另外家中還有三個強壯的僕人。巡警、僕人、猛犬三方聯合，這嚴密的防守，就算是怪盜「二十面相」，要潛進來也是難如登天吧！

大敵當前，全家人仍然全心等待著大兒子壯一的歸來。他赤手空拳獨涉南洋島嶼，如今衣錦還鄉，是個堂堂正正的男子漢。只要他到了家，一家人彷彿心裡有了靠山。

事情發生在壯一抵達羽田機場的那天早晨。

紅通通的秋日朝陽照進羽柴家的倉庫，勾勒出一個少年的身影，正是就讀小學的壯二。

一大早早餐都還沒有準備，府邸裡鴉雀無聲，只有那些早起的麻雀在庭院的樹枝和倉庫的屋頂上朝氣十足地嘰嘰喳喳叫個不停。

這個清晨，壯二穿著睡袍，雙手抱著某個金屬器械走下倉庫的臺階。究竟是怎麼回事？吃驚的恐怕不單是這些麻雀們。

壯二昨天晚上做了一個可怕的夢。他夢見怪盜「二十面相」潛入了別墅二樓的書房內，將寶物奪走了。

盜賊面無表情，臉色好像擺放在父親起居室裡的能樂面具◢一般，蒼白得可怕。這

◢能樂面具：「能樂」是日本獨有的一種表演藝術，演出時所配戴的面具，稱為「能面」。

傢伙盜取寶物之後，猝不及防地打開二樓的窗戶，縱身躍入漆黑一片的庭院中。

壯二「啊」地一聲驚醒過來，幸好這一切只是個夢。可是，不知怎麼，他總感覺好像會發生和夢中相同的事情。

「二十面相這傢伙一定會從那扇窗戶跳下去，接著穿過院子逃走的。」

壯二對此深信不疑。「那扇窗戶下面就是花壇，花都要被他踩壞了呢！」

就這麼胡思亂想的時候，壯二的腦中突然靈光一閃，想出一個絕妙的主意。

「嗯，就這樣，這是個好辦法。在那個花壇裡布置機關吧！如果事情和我想的一樣，盜賊一定會穿越那個花壇。只要在那裡安裝了機關，或許能逮住他。」

壯二想起去年父親經營林場的朋友說想請他製作捕獸夾，為此帶來一個美國製的樣品。壯二清楚地記得那個樣品一直存放在倉庫裡。

這個念頭已經完全占據了壯二的腦海。即便在寬廣的庭院裡安裝機關，到底能否抓住盜賊也還是個未知數，但是，已經沒有時間考慮這些了，他一心一意想放個捕獸夾捉賊。因此，他不同於平日起了個大早，悄悄地走進倉庫，費勁地取出了龐大的捕獸夾。

壯二回憶起早年捕捉老鼠時那種興奮又緊張的心情。但是這一次對象不是老鼠而是人，而且是不可思議的怪盜「二十面相」。比起抓老鼠，激動不已的心情大大地增長了將近十倍、二十倍。

將捕獸夾搬到花壇的中央，用盡全力把帶有巨大鋸齒的兩側邊框掰開，順利地安裝好以後，為了不被人發現，他還將周邊的枯草聚集起來作遮掩。

如果盜賊的腳踏入這個捕獸夾，就如同捕獲老鼠那樣，鋸齒會立刻閉合，像漆黑巨大的猛獸牙齒般嵌入盜賊的腳踝裡。但家裡的人如果誤中機關就糟糕了，不過由於放置在花壇中央，只要不是盜賊，幾乎不會有人涉足那裡。

「這樣就行了！不過這招行得通嗎？盜賊被這傢伙夾住腳，動彈不得的話，一定很有趣！希望一切順利。」

壯二做出向神明祈禱的樣子，然後滿臉笑容地走進家裡去了。真是孩子氣的突發奇想。但是絕對不要小看了少年的預感。壯二安裝的機關在後面將有什麼效果呢？各位讀者要牢牢地記住它。

—是人，是魔？—

這天中午羽柴家全體出動到羽田機場去迎接回國的壯一。

從飛機上走下來的壯一如預想的那樣，整個人氣宇軒昂。腋下夾著深棕色的薄外套，端正得體地穿著同色系雙排鈕扣的西服，筆挺的西褲，感覺好像電影裡的西方人一樣。

同樣是深棕色的軟禮帽下面，曬成古銅色的英俊臉龐上掛著高興的笑容。那濃密的一字眉、炯炯有神的大眼睛、每當微笑時就露出的整齊白牙、唇邊齊整的短鬚，都是那麼令人懷念，和照片中一模一樣。不，是比照片中更加出色挺拔。

壯一和每個人握手後，被父母簇擁著坐上轎車。壯二和姐姐及近藤老人一起乘坐後面的轎車，車子開動後，他透過前面車子的後窗玻璃目不轉睛地注視著哥哥的身影，一股幸福快樂的情緒湧上心頭。

回到家裡，大家圍著壯一聊天，不知不覺已經到了傍晚。飯廳內擺了一桌母親花費心思準備的晚餐。

鋪著嶄新桌布的大餐桌上擺設著秋季美麗的花朵，各自座位上的銀質西餐刀叉閃閃發光。今天和平時不同，餐桌上鋪著折疊整齊的餐巾，相當正式。

用餐時，壯一自然成為了談話的焦點。他滔滔不絕地述說著新奇的南洋概況，其間時不時地冒出離家出走前少年時代的回憶。

「壯二，你那個時候才剛剛學會走路，硬是闖進我的書房，將書桌翻得亂七八糟！不知什麼時候還弄翻了墨水瓶，用那隻手在臉上塗抹，變得好像黑人一樣，非常調皮呢！是吧，母親！」

壯一所說的事情母親記不起來了，不過她眼中還是浮現出欣喜的淚水，笑容滿面地微微點頭。

可是，各位讀者，由於某個可怕的變故，全家的喜悅就彷彿小提琴突然崩斷了琴弦，戛然而止。

多麼冷血無情的惡魔啊！在父子兄弟相隔十年的重逢聚會上，好似詛咒這家人的幸福一樣，那傢伙令人恐懼的身影朦朦朧朧地顯現出來。

在回憶的最高潮，僕人拿著一封電報走了進來。由於是電報，談興再濃也不得不打開閱讀。

壯太郎讀著電報，微微蹙起眉頭，一語不發，陷入沉默。「父親，您在擔心什麼事情嗎？」還是壯一眼尖，發現異狀，隨即詢問道。

「嗯，麻煩找上門來了。原本不想讓你們擔心的，不過既然這等人物要來了，今晚也不得不加強戒備了。」

說罷，將電報展示給大家看，上面寫著「今晚十二點整，我會來取走約定好的東西，二十」。「二十」當然是「二十面相」的簡稱，「十二點整」是午夜十二點，內容中充滿了在凌晨盜取寶物的決心。

「這個二十該不會就是『二十面相』吧？」

壯一驚愕地注視著父親說道。

「是啊！你也知道啊！」

「在下關登陸以後，就不時地聽到關於他的傳聞，在飛機上也看了報紙。他終究還是盯上我們家了啊！那傢伙到底想要什麼呢？」

「在你離家以後，我得到了裝飾羅曼諾夫家族寶冠的鑽石，盜賊揚言要偷走它。」

隨後，壯太郎將「二十面相」的情況和那封預告信的來歷詳細地告訴了壯一。

「不過今晚有你在，我就安心多了。當務之急，是要和你兩個人徹夜不眠地守著寶石啊！」

「嗯，您說得是！我對自己的臂力還是很有自信的。剛回家就能幫得上忙，我也非常高興。」

不一會兒工夫，府邸裡戒備森嚴。在面色鐵青的近藤管家的指揮下，雖然才晚上八點，但包括正門在內的所有進出口都被緊緊地關閉起來，從內側上了鎖。

「今天晚上，不管是怎樣的客人都一概拒之門外。」

老人嚴厲地命令僕人們。

三個不當班的員警、三個僕人和轎車司機不眠不休地或看守各個進出口，或巡視著府邸內部。

羽柴夫人、早苗小姐和壯二被吩咐早早回自己的臥室裡待著。

大批的女僕們聚集在女僕的房間裡，膽顫心驚地交頭接耳。

壯太郎和壯一在別墅二樓的書房內閉門不出。書房的桌子上擺著三明治和葡萄酒，兩人都做好了徹夜守候的心理準備。

書房的大門和窗戶都裝有鎖和插銷，從外面無法打開。保全措施可謂滴水不漏。

兩人在書房裡坐定，壯太郎苦笑著說道：

「也許這樣戒備有些誇張了吧！」

「不，只要關係到那傢伙，不管怎樣戒備都不為過。我從一開始就將報紙合訂本上刊登的『二十面相』的事件全部研究了一遍，越看越覺得他是一個可怕的傢伙。」

壯一一臉嚴肅，極其不安地回答道。

「那麼，即便在這樣嚴密的防備下，你覺得盜賊還是能夠成功嗎？」

「嗯，我可不是滅自己威風，但是不知怎麼的就是有那樣的感覺。」

「可是，究竟會從什麼地方……盜賊為了盜取寶石，首先必須翻越高高的圍牆，然後躲過僕人等眾人的眼睛，即便來到了這裡，還必須破壞大門，並且不得不和我們兩個人拼鬥。還沒完，如果不知道密碼，便無法打開存放著寶石的保險箱呢。就算二十面相是魔法師，也無法闖過這四五重的關卡吧！哈哈哈……」

壯太郎大聲地笑了起來，可那笑聲不知為何有些底氣不足，虛張聲勢。

「但是，父親，從報刊的報導來看，那傢伙不是一次又一次輕易地完成了常人難以想像、幾乎不可能的盜竊嗎？例如有一次主人因為將物品放入了保險箱而放鬆警惕，二十面相卻在那個保險箱的背面開了一個大洞，將裡面的物品全部偷走了；又有一次，有五個強壯的男人看守，他們卻在不知不覺中被下了安眠藥，在最關鍵的時候，大家睡得不省人事。那傢伙智慧超群，最擅長隨機應變。」

「喂喂，壯一，你的口氣好像是在讚美盜賊啊！」

壯太郎吃驚地凝視著兒子的臉。

「不，不是讚美。但是，越研究就越覺得那是一個恐怖的傢伙。那傢伙的武器不是武力，是智慧。只要恰當地運用智慧，世界上大概就沒有他辦不到的事情吧！」

在父親和兒子的議論中，夜色越來越深了，暗夜中微微刮起了一陣風，吹得窗戶發出啪嗒啪嗒的響聲。

「唉呀，你給盜賊這麼高的評價，說得我擔心起來了。先確認一下寶石，如果他在保險箱的背面鑿開了洞，那可就糟糕啦！」

壯太郎笑著站起身，走近放置在房間角落裡的小型保險箱，轉動刻度盤打開門，取出一個紅銅小盒子，小心翼翼地抱著它回到原處，把它放在和壯一之間的圓桌上。

「我還是第一次觀賞呢！」

壯一似乎對寶石十分好奇，目光炯炯地說道。

「嗯，你是第一次看到呢！瞧，這是曾經在俄羅斯皇帝的頭上閃耀過的鑽石呀！」

父親打開小盒的蓋子，裡面閃爍著炫目的七色光環。確實有六顆大豆般大小的漂亮鑽石在黑色天鵝絨的臺座上閃閃發光。

等壯一好好欣賞完鑽石後，父親闔上了小盒子。

「這個盒子就放在這裡吧！比起保險箱，在你和我兩個人四隻眼睛的注視下要更加保險些吧！」

「嗯，還是這樣比較好！」

兩個人不再交談，只是隔著放小盒子的桌子面面相覷。

風時不時地敲響窗戶，發出啪嗒啪嗒的聲響。同時可以聽到從遠處傳來的激烈犬吠聲。

「什麼時間啦？」

「十一點四十三分，還有十七分鐘……」

壯一看了下手錶回答道，隨後兩個人再次陷入了沉默中。仔細一看，就連大膽的壯太郎也有些臉色發青，額頭上滲出一層薄薄的汗水。壯一也在膝蓋上牢牢地攥緊了拳頭，咬緊牙關。整個房間裡鴉雀無聲，甚至可以聽到兩個人的呼吸聲和手錶秒針的聲響。

「還有幾分鐘？」

「還有十分鐘。」

就在這個時候，有個白色的小東西從地毯上跑過去，兩人眼角的餘光瞥到了這一動靜。唉，難道是老鼠嗎？

壯太郎不由得嚇了一跳，俯身望向書桌下方。白色的東西好像躲進了書桌下面。

「我說呢，這不是乒乓球嘛。這東西怎麼會滾過來呢？」

他從書桌下撿起乒乓球，有些不可思議地盯著看。

「真是奇怪啊！壯二忘在那邊架子上的乒乓球不知怎麼就掉下來了。」

「……現在幾點了？」

壯太郎詢問時間的次數漸漸變得頻繁起來。

「還有四分鐘。」

兩個人面面相對。時間分秒流逝的聲音聽起來尤為恐怖。

三分鐘、兩分鐘、一分鐘，時間慢慢地向著那一刻靠近。二十面相可能已經翻越了圍牆，這個時候已經到了走廊上……不，說不定已經來到書房的門口，正一動不動地側耳傾聽。

彷彿在下一刻，房間的門就會被轟然砸開。

「父親，怎麼了？」

「不，不，沒什麼。我絕不會輸給二十面相這樣的傢伙。」

話雖如此，壯太郎已經面色蒼白，雙手按著額頭。

三十秒、二十秒、十秒……兩人的心跳重合在一起，令人窒息的可怕時刻終於過去了。

「喂，幾點了？」

壯太郎低聲詢問道。

「十二點零一分了。」

「什麼，超過一分鐘了？啊哈哈哈……如何啊壯一，二十面相的預告信不是沒有成真嗎？寶石好好的放在這裡，什麼異樣也沒有。」

壯太郎驕傲地放聲大笑，可是壯一臉上卻沒有一絲笑容。

「難以置信。寶石真的沒有異樣嗎？二十面相是個不遵守約定的人嗎？」

「你在說些什麼啊！寶石不就在眼前嗎？」

「但是，那只是盒子。」

「那麼，你是說只有盒子在，裡面的鑽石出問題了嗎？」

「還是確認一下吧，否則不能安心。」

壯太郎不由得站了起來，雙手將赤銅小盒子牢牢壓住了。壯一也站了起來，兩人就這麼一動不動地對視了一分鐘，氣氛有些詭異。

「我們把它打開吧！那種離譜的事情是不可能發生的。」

啪的一聲，小盒子被打開了。

同一時間，「啊！」壯太郎發出一聲驚叫。

不見了！黑天鵝絨的臺座上空蕩蕩的。歷史悠久、價值連城的鑽石蒸發般，憑空消失不見了。

——魔法師——

一時間兩個人陷入沉默中，只是互相打量著對方沒有血色的臉龐，過了好一會兒壯太郎一臉憤恨地嘟囔著：「真是不可思議啊！」

壯一也鸚鵡學舌般重複著相同的話。然而奇怪的是，壯一絲毫也沒有表現出吃驚或是擔心的神情，嘴角不知為何甚至流露出淺淺的笑意。

「關閉著的門窗沒有異狀，而且，如果有人進入的話也不可能逃過我的眼睛。盜賊總不能像幽靈一樣從鑰匙孔進出吧？」

「當然，哪怕是二十面相也不可能變成幽靈的。」

「那麼，在這個房間裡可以接觸到鑽石的只有我和你而已。」

壯太郎用有些疑惑的表情目不轉睛地注視著自己孩子的臉。

「是啊，除了你和我之外別無他人。」

壯一臉上淺淺的笑痕逐漸清晰起來，開始嘻嘻地笑出聲來。

「喂，壯一，你究竟在笑什麼？有什麼可笑的嗎？」

壯太郎臉色忽然變得難看起來，大聲斥責道。

「我由衷地佩服盜賊的手段啊！他果然是名不虛傳啊！他不是好好遵守了約定，非常順利地突破了重重警戒嗎？」

「好啦，住口！你又在讚美盜賊了。你覺得我中招了看起來很可笑是嗎？」

「是啊！你那驚慌失措的模樣看起來確實很滑稽呢！」天哪，這是作為兒子應該對父親說的話嗎？壯太郎氣得目瞪口呆。難道如今面前這個笑盈盈的青年並不是自己的兒子，而是一個來歷不明的陌生人？

「壯一，站在那裡不要動。」

壯太郎怒視著兒子，同時向房間一邊的牆壁靠近，企圖按響警鈴。

「羽柴先生，你才應該站在那裡不要動呢！」

讓人吃驚的是，孩子居然稱呼父親為羽柴先生。隨後，壯一從口袋裡掏出一把小型手槍舉在側腹，定定地瞄準自己的父親，臉上仍舊掛著微笑。

壯太郎看到手槍後驚呆了，站著一動不動。

「不准叫人，如果出聲的話，我會毫不猶豫地扣動扳機哦！」

「你究竟是什麼人？難道是……」

「哈哈哈……看來你終於明白啦！請放心，我不是你的兒子壯一。正如你所推測的，我是被你們稱為二十面相的盜賊。」

壯太郎像看見了鬼一樣盯著對方的臉，無論如何心中的疑惑都無法解開。這麼說來，那封從婆羅洲寄來的信是誰寫的呢？那張照片上的人是誰呢？

「哈哈哈……我二十面相是童話中的魔法師，能夠完成誰都無法辦到的事情。羽柴先生，作為鑽石的謝禮，我就告訴你事實的真相吧！」

古怪的青年好像不知道危險似的，從容不迫地說明起來。

「我調查了壯一失蹤的情況，想辦法弄到了他離家出走前的照片。然後，想像著壯一十年後的容貌並偽造出這樣一張臉來。」

他邊說邊向著壯太郎啪啪地拍打著自己的臉。

「因此，那張照片裡的不是別人，正是我自己。信也是我寫的。我將那封信和照片都寄給了我在婆羅洲的朋友，再讓他郵寄給你。真是可憐，壯一至今仍然下落不明，並不在婆羅洲。這些從頭到尾都是我二十面相自編自演的一場戲！」

羽柴家的每一個人，不論是父親還是母親，都因許久不見的長子回家，被喜悅沖昏頭，完全沒有意識到這裡面竟然隱藏著這麼可怕的陰謀。

「我是個忍者。」

二十面相十分得意地接著說道。

「那是一種忍術。明白了嗎?瞧,這是剛剛的乒乓球。是我從口袋裡將它掏出並扔到地毯上去的。你在一瞬間被它吸引了注意力,低頭看書桌下面。我利用這個間隙,從寶石盒子裡取出鑽石,簡直易如反掌。哈哈哈……那麼,再見了。」

盜賊手持手槍往後退去,轉動門鎖,迅速地打開了房門,然後衝出走廊。

走廊上有一扇面向庭院的窗戶。盜賊打開窗戶的掛鉤,推開玻璃窗,輕巧地跨過窗邊框:「這個是壯二的玩具,請還給他,我是不殺人的唷!」

他說著將手槍扔進房間,從二樓跳下了庭院——就這樣消失了蹤影。

壯太郎又一次被他玩弄欺騙了。手槍只是玩具,他由於害怕玩具手槍而沒能叫人前來。

可是,各位讀者還記得嗎?盜賊跳下的窗戶正是少年壯二夢到的那個窗戶。壯二在那下面安裝了捕獸夾,此刻應該正張著鋸子般的嘴巴,等待獵物的降臨。壯二的夢應驗了。那麼,也許那個機關發揮什麼作用了呢!

—水池中央—

一看到盜賊將手槍扔過來往外跑，壯太郎就立刻跑向窗邊，低頭俯視昏暗的庭院。雖說光線昏暗，但庭院裡四處安裝著好似公園路燈般的電燈，所以還不至於連人影都看不見。

剛跳下窗框，盜賊就摔倒了，不過他立刻爬了起來，氣勢十足地向外跑去。他毫無懸念地跑進了之前提及的花壇中，剛剛跑了兩三步，突然傳出一聲劇烈的金屬撞擊聲，盜賊黑色的身影栽了個跟斗摔倒在地。

「有人在嗎？是盜賊，是盜賊，包圍庭院！」

壯太郎大聲喊道。

如果沒有機關的話，身手敏捷的盜賊早就逃走了吧！壯二孩子氣的靈機一動，卻歪打正著。盜賊正掙扎著取下機關，這時周圍的人都跑了過來。總共有七個人，包括身穿西裝的巡警、僕人，還有司機。

壯太郎也匆匆忙忙地跑下樓梯，和近藤老人一起，將手電筒光從樓下的窗口照向庭院，齊心協力抓捕犯人。

但出乎意料的是，在這一片喧鬧聲中，卻沒有特意買回來的猛犬約翰的身影。如果得到約翰的支援，想必盜賊脫逃的機率連萬分之一都不存在了吧！

當二十面相終於解開了機關站起身來的時候，手持手電筒的追兵們已經逼近到了十公尺之內，前後左右都有人。

盜賊猶如一陣黑色的旋風般奔跑。不，也許用子彈形容更加貼切些。他突破追兵包圍著的一側，向著庭院的深處跑去。

庭院好像公園般寬敞。有假山、池塘，還有像森林一樣的樹叢。光線昏暗，即使有七個追兵，也不能說是萬無一失。啊，這個時候如果約翰也來幫忙的話該有多好。不過，追兵也都拿出全力。尤其三個巡警是追捕犯人的高手，眼見盜賊藏身在假山上的草叢中，他們便搶先一步從平地上跑到假山的另一邊，以便和後來趕到的追兵一起包抄他。

在這樣的情況下，盜賊就不能向著圍牆外逃離了。再者，包圍庭院的水泥牆有四公尺高，不架梯子應該是不可能翻越過去的。

「啊，在這裡，盜賊在這裡！」

一個僕人在假山上的草叢中大叫道。

手電筒圓形的光圈從四面八方匯集過來，草叢被照得猶如白晝般明亮。在光線中，盜賊正弓背彎腰，好像一個圓球一樣從假山右邊茂密的樹叢中爬下來。

「別讓他跑了！他爬下山了。」

於是，手電筒的光線忽閃忽閃地在大樹間迅速遊走著。

庭院非常寬敞，樹木和岩石很多，再加上盜賊逃得十分巧妙，就算對方的背影近在眼前，也捕獲不到他。

就在這個時候，附近的警署接到報警電話，趕來了數名員警，馬上加強了圍牆外面的防守。盜賊受困府邸，如同甕中之鼈。

這場令人恐懼的貓捉老鼠持續著，但一轉眼，追兵們竟然跟丟了盜賊。

盜賊突然向前跑去，穿梭在粗大的樹幹間，身影若隱若現，一下子消失不見了。追兵們照亮了樹叢中的每一根樹枝仔細查看，卻沒有發現盜賊的蹤影。

圍牆外面有員警看守。不僅是別墅，就連日式房間的防雨窗罩也被打開了，家裡的電燈將庭院照得像白天一樣。以壯太郎、近藤老人、壯二為首，家裡的女僕們也全都走出外廊，注視著庭院裡追捕犯人的情況，因此犯人是不可能逃往這邊的。

盜賊一定藏身在庭院的某處。儘管如此，不管七名追兵如何搜索，還是沒能發現他的蹤影。二十面相又一次使用了忍術嗎？

結果，眾人一致決定等到天亮後再重新搜索一次。只要正門、後門和圍牆保持嚴密警戒，盜賊就是甕中之鱉，所以就算等到早上也沒有關係。

這時追捕的眾人為了協助府邸外面的警隊，都撤出了庭院，只有汽車司機松野一人留守。

院子裡有一個巨大的池塘被茂密的樹叢包圍著。松野司機落在眾人的後面，當他走到池塘邊的時候，突然注意到一件奇怪的事情。

在手電筒的照射下，池塘水面上滿滿地漂浮著許多落葉，這些落葉中有一節竹管稍稍探出水面，輕輕地晃動著。不是因為風的緣故，明明沒有水波，只有竹管奇怪地晃動著。

松野的腦海中浮現出一個非常瘋狂的念頭，他幾乎就要喊大家回來了。可是，他又無法完全肯定這令人難以置信的猜想。

他就這樣向水裡投照著燈光，在池塘邊蹲了下來。為了解除心中的疑慮，他做了一件大膽的舉動。

松野摸摸口袋，掏出紙巾，將它撕成細條，輕輕地放到池塘中的竹管上去。

接著，不可思議的事情發生了。薄薄的紙片開始在竹管的頂端一上一下輕輕地飄動起來。既然紙片那樣飄動，就一定有空氣在竹管內流動。

怎麼有這樣的事情，松野無法相信自己的想像。但是，這麼確切的證據怎麼解釋？沒有生命的竹管應該是不會呼吸的吧？

如果在冬天的話，這是無法想像的事情。可是，正如之前提到的，金秋十月的天氣並沒有那麼寒冷。尤其二十面相自稱是魔術師，一定酷愛與眾不同的冒險。

如果松野這個時候叫大家來就好了。可是，他卻想要獨占這份功勞，不希望借助他人的力量來解開這個疑點。他將手電筒放在地上，突然伸出兩隻手抓住竹管，使勁地往上拉。

竹管大約有三十公分長，也許是壯二在庭院裡把玩後，隨便丟在附近的。他一往上拉，竹管便輕易地滑出水面來了。但是，不僅僅只有竹子，緊握著竹子另一端的是一隻人手，因沾滿了池底的淤泥而黑黑漆漆的。不，不單單是手，緊接著高高冒出水面的是一個水鬼般溼漉漉的人影。

—樹上的怪人—

接著，在池塘邊發生了什麼事情就交給各位讀者盡情地想像了。

五六分鐘後，松野司機好像什麼事也沒有發生一樣站在池塘的岸邊，呼吸看起來有些急促，除此以外看不出任何異樣。

他向著主屋的方向快步走去。是發生什麼事了嗎？他的腿微微有些瘸，不過，仍舊是大步地穿過庭院，朝著大門走去。

大門口，兩個僕人提著木刀，嚴防死守。松野走到他們跟前，痛苦地把手抵在前額上，有氣無力地說道：「我全身發冷很不舒服，好像是發燒了。讓我先稍微休息一下吧！」

「是松野先生啊，可以啊，你先休息。這裡有我們看守著。」

一個僕人爽快地回答道。

松野司機道謝後，消失在門邊上的車庫中。他的房間在那個車庫的裡面。

天終於亮了，其間沒發生什麼事。不論是正門還是後門，誰也不曾進出過。圍牆外看守的巡警們也沒有遇到貌似盜賊的人。

七點，從警視廳來了大批負責此案的員警，開始深入調查宅邸內部。調查完成以前，家裡的人全都被禁止外出，只有學生例外。就讀於門脅女校三年級的早苗和高千穗小學五年級的壯二一到時間便和平時一樣坐汽車出了宅邸。

司機看起來還是沒有精神，也不怎麼開口，只是低垂著頭，但因為上學不能遲到，他還是不情不願地坐上了駕駛座。

警視廳的搜查隊長中村首先在書房和主人壯太郎見面，詳細地瞭解了事件的始末，逐一深入調查了府內每一個人後，著手搜索庭院。

「昨天傍晚我們迅速趕到後，直到現在，沒有一個人走出過宅邸，也沒有人越過圍牆。這一點我有著絕對的自信。」

管轄警署的刑警負責人向中村組長保證。

「也就是說盜賊還潛伏在府邸裡面囉？」

「是的，只有這種可能了。可是，從凌晨開始，我們又重複搜索了一遍，到現在卻依舊沒有任何發現，除了狗的屍體……」

「你說狗的屍體？」

「這個家裡，為了防備盜賊，飼養著一條叫做約翰的狗，可是它在昨天傍晚被毒死了。經過調查，瞭解到是偽裝成大少爺的二十面相昨天傍晚到庭院讓那條狗吃了什麼東西。可見此人心思細密。如果不是這裡的小少爺安裝了機關，那傢伙一定輕而易舉地逃出去了。」

「那麼，再搜查一次庭院吧！這庭院真是寬敞啊，說不定就藏在什麼地方呢。」

兩個人正說著話，從庭院的假山那邊突然傳來瘋狂的大叫聲：「請過來一下，有發現！發現盜賊了！」

叫聲未落，從庭院的四面八方響起匆忙的腳步聲。員警們迅速跑到現場，中村組長和刑警負責人也聞聲跑來。

走過去一看，發出叫聲的是羽柴家的一個僕人。他站在樹叢中一棵大錐栗樹下面，不斷地往上指。

「就是那個，在那裡的確實是盜賊，我曾見過那套西裝。」

錐栗樹上距離根部約三公尺左右的地方有個分叉，被茂密的樹枝遮蓋住了，一個人正以奇怪的姿勢橫臥在上面。

即便如此喧鬧，也完全看不出他想要逃跑的樣子，盜賊該不會是斷氣了吧？或者他失去了意識？總不會在樹上睡著了吧！

「去將那傢伙放下來吧！」

組長一聲令下，馬上有人搬來梯子爬了上去，有人從下面接住，集合三四個人的力氣，才將盜賊放到了地上。

「怎麼被捆綁著呢？」

確實，這個人被細絲線一圈圈地捆綁著，而且還被堵上了嘴。他嘴裡塞著一塊大手帕，又用另一塊手帕緊緊地紮牢。而且，更加奇怪的是，他的西裝好像被雨淋了一樣完全溼透了。

眾人取出他嘴裡堵著的手帕，男子終於恢復了精神，吼叫道：「該死的，該死的！」

「啊，你不是松野先生嗎？」

僕人吃驚地大叫出聲。

這人不是二十面相，他穿著二十面相的衣服，但是樣子卻完全不同。他是羽柴家的私人司機松野。

說起司機，不是剛剛出門送早苗和壯二去學校了嗎？怎麼會出現在這裡？

「究竟是怎麼回事？」

隊長詢問道，松野一臉懊悔地叫罵道：「該死的，被陷害了！被那個傢伙擺了一道！」

—壯二的下落—

根據松野的敘述，大家最終明白了：盜賊使用了一個意想不到的辦法，巧妙地瞞過了追兵的眼睛，在所有人的眼皮底下輕而易舉地逃離。

被眾人追捕的時候，盜賊跳入庭院的池塘裡，鑽進水中。然而潛水無法呼吸，正巧附近掉著一段沒有竹節的竹管，那是壯二把玩後丟棄的，於是盜賊拿著它鑽進池塘中，將一頭貼著自己的嘴，另一頭則伸出水面安靜地呼吸，等待著追兵離去。

不料，落在大家後邊，獨自環視周圍的松野司機發現了那段竹管，察覺到盜賊的詭計。他大膽地往上拖拽竹管，結果，一個沾滿淤泥的人從池塘裡蹦了出來。

於是，一場黑暗中的格鬥展開了，可憐的松野連求救的機會也沒有，轉眼間被盜賊壓倒在地，用事先準備好的細絲線捆綁起來，最後還將嘴堵上了。盜賊幫松野換上自己的西裝，將他抬到大錐栗樹的分叉上。

明白這些以後，可以肯定送壯二他們去學校的司機是個冒牌貨了。羽柴家的寶貝小姐少爺，就這樣坐著二十面相親自駕駛的汽車不知去了什麼地方。眾人的震驚、父母的擔憂就不在此一一贅述了。

首先，家人給早苗的門脅女校打了電話。然而，卻意外地獲悉早苗已經安全抵達學校。這麼說盜賊並不打算綁架，眾人大大地放下心來；接著給壯二的學校打電話，回答是已經開始上課了，可還沒看到壯二的身影。聽到這消息，父親和母親的臉色一下子變了。

盜賊可能已經知道設置機關的就是壯二。為了報復腳上所受的傷，只綁架了壯二。眾人亂成了一片。搜查組長中村立刻向警視廳彙報了這件事，在整個東京設置關卡，尋找羽柴家的汽車。幸運的是，汽車的型號和車牌號是知道的，因此也算是掌握了足夠的線索。

壯太郎大約每隔三十分鐘給學校和警視廳打電話詢問狀況，一小時、兩小時、三小時，時間無情地流逝著，可依舊沒有壯二的消息。

然而，那天的黃昏時分，有一個穿著髒兮兮的西服、戴著鴨舌帽的青年出現在羽柴家門口，說了一段奇怪的話：「是貴府的司機拜託我來的，司機先生半路上臨時有事，所以拜託我將汽車開回來。車子停放在大門內，你們檢查後領回去吧！」

僕人向屋裡通報了這件事情。主人壯太郎和管家近藤老人朝門口跑去，檢查了一下車子，這確實是羽柴家的汽車。可是，車子裡空無一人，壯二果然被綁架了。

「哎呀，有個可疑的信封掉在這裡呢！」

近藤老人從汽車的座墊上拾起一個信封來。那上面只寫著「羽柴壯太郎閣下親啟」幾個大字，看了看背面，沒有寄信人的名字。

「什麼？」

壯太郎撕開信封，站在庭院裡讀起來，上面長篇幅地寫著如下內容。

尊敬的羽柴壯太郎閣下：

昨晚收取了六顆鑽石，帶回家後，我越看越覺得寶石漂亮，一定會作為傳家寶慎重保管的。

本該好好致謝，不過我多少有些不滿。某個混蛋在庭院裡安置了捕獸夾，讓我的腳受傷，要十天時間才能痊癒，我有權要求賠償。為此，將你兒子壯二帶回來當人質。壯二現在被關在我家冰冷的地下室裡，在黑暗中抽泣著。正是壯二設下了那個可恨的機關，這點程度的報復不算過分吧？

損傷是需要賠償的，所以，我要求得到你收藏的觀世音像。

昨天沒想到能夠有幸參觀貴府的美術室，那裡富麗堂皇真是讓我大吃一驚。其中那尊寫有「鎌倉時期的雕像，安阿彌所作」的觀世音像，完全是國寶級的東西，喜歡美術的我無論如何都想要得到。那時，我便下定了決心。

所以，今晚十點整，我的三名手下將到訪貴府，希望您睜一隻眼閉一隻眼，讓他們進入美術室。我和您約定，他們只打包觀世音像，用卡車運走。作為交換，壯二就會回到貴府。以我二十面相的名譽保證。

不能讓員警知道這件事情，也不准跟在我手下的卡車後面。如果發生這樣的事情，請做好壯二永遠無法回去的心理準備。

我相信這個要求定能得到您的應允。謹慎起見，依照協定內容，今晚十點之前請將門窗全部打開，我會以此為信號到訪。

二十面相上

多麼自說自話的要求啊！壯太郎握緊拳頭懊惱不已，但是寶貝兒子壯二被抓去當人質，也不知該如何是好。雖然不甘心，可是除了答應這個無理的要求外，別無選擇。

此外，警方捉住受託開汽車回來的青年，對他進行了徹底的審訊，可是他只是拿人錢財替人辦事，完全不知道任何盜賊的事情。

—少年偵探—

青年司機回去後，主人壯太郎夫妻、近藤老人，再加上被學校飛車護送回來的早苗，幾個人立刻在客廳裡開會商量善後。沒時間再磨磨蹭蹭了，距離十點只有八、九個小時。

「如果是別的東西都無所謂，可是，那個觀世音像我無論如何也不想放棄。將那種國寶級的名作交到盜賊的手中，實在是愧對日本美術界。雖然那個雕像收藏在我們家的美術室裡，但我從來沒把它當成是私有物品啊！」

壯太郎果然是顧大體的人。可是，羽柴夫人卻做不到，她腦海中全都是壯二可憐的樣子。

「但是，如果不交出佛像的話，我們根本不知道那個孩子會發生什麼事。再怎麼重要的美術品，我覺得也不能拿來與人命交換。千萬不要告訴員警，請答應盜賊的要求吧！」

母親的眼簾中清清楚楚地浮現出抽泣著的壯二孤零零的身影，他身處漆黑的地下室。母親急切地等待著今晚十點的到來，如今之計，只希望以佛像儘早地換回壯二。

「嗯，交換壯二是肯定的，眼下鑽石被盜還不算，就連那獨一無二的美術品都要交出，只要想到這裡，我就感到萬分遺憾。近藤先生，你難道就沒有什麼辦法嗎？」

「依在下看，如果讓員警知道的話，事情馬上會變得複雜，因此今晚十點之前盜賊的來信不可對外洩漏。但如果是私家偵探的話……」

老人突然提出一個方案來。

「是啊，還有私家偵探呢！可是，私家偵探能夠勝任如此重大的案件嗎？」

「我曾經耳聞，東京似乎有一個很了不起的偵探。」

見老人微微傾斜著腦袋思索，早苗突然插嘴說道：

「父親，是明智小五郎偵探吧！聽說他是個名偵探，連員警都無計可施的案件他都解決了呢！」

「是的是的，那個人就叫明智小五郎。據說是個非常了不起的男人，最適合和二十面相交手了吧！」

「嗯，我也曾聽說過這個名字。那麼，當務之急是悄悄地請那位偵探過來，試著和他商量！他是專家，可能會有我們想不到的好辦法。」

於是，討論的結果是將這個案件委託給明智小五郎。

近藤老人迅速地查閱了電話簿，給明智偵探的宅邸打了電話。接著，聽筒裡傳來一個孩子般的聲音：

「先生現在因為某個重大案件到國外出差了，不知道什麼時候回來。不過，小林助手在這裡，如果您需要的話，他立刻就可以登門拜訪。」

「是這樣嗎？可是，這是一件很困難的案件啊！助手的話會不會……」

正當近藤總管猶豫不決的時候，聽筒那頭傳來倨傲但氣勢十足的聲音。

「雖說是助手，但和先生一樣有本領，我覺得完全可以信任。無論如何，還是到貴府先行拜訪一回吧！」

「是嗎？那麼，請勞煩他立刻前來。不過我要事先提醒，委託一事如果被對方知道就麻煩了。這件事關係到人命，請加倍小心，不能被任何人察覺，要悄悄地來訪。」

「這些不用您說我也很清楚。」

這樣一番問答後，終於決定由小林偵探出馬。

掛斷電話，大約過了十分鐘，一個很可愛的少年站在羽柴家的門口，要求通報主人。僕人應門，那個少年自我介紹道：「我是壯二的朋友。」

「壯二少爺出去了。」

聽到這樣的回覆後，少年露出意料之中的表情。

「果不其然！那麼，請替我轉傳，讓我和他父親見個面。我父親託我帶來了口信，我的名字叫做小林。」他心平氣和地提出拜見的要求。

聽了僕人的轉達，壯太郎對於小林這個名字有所耳聞，便讓僕人帶他到會客室裡等候。

壯太郎走進會客室，眼前站著一個十二、三歲的少年，有蘋果般光滑的臉頰和一雙大大的眼睛。

「是羽柴先生嗎？初次見面。我是明智偵探事務所的小林。因為接到你們的電話，所以到府上拜訪。」

少年眼睛滴溜溜地轉，很有精神地說道。

「啊，你是小林先生派來的嗎？案情稍微有些複雜啊！還是希望他本人能夠前來……」

少年抬手阻止了壯太郎說到一半的話：

「不，我就是那個小林芳雄，沒有別的助手。」

「你就是小林本人？」

壯太郎異常吃驚。同時，不知怎麼的產生了一種愉悅的心情。這麼小的孩子是名偵探，這是真的嗎？但是，不論是表情還是語氣看起來都頗為可靠呀，不管如何，先和這個孩子商量一下吧！

「剛才，電話中說的那個有本事的偵探就是你嗎？」

「嗯，是的。先生將外出期間的案件全部託付給我了。」

少年一副自信滿滿的樣子。

「聽說剛剛你自稱是壯二的朋友啊？你怎麼知道壯二的名字？」

「這種事情都不知道的話，也不用做偵探的工作了。我在剪報本上查詢了雜誌上刊登的關於您家族的情況。電話中提及此事關係到一條性命，所以我猜想該不會是早苗小姐或是壯二其中的一位失蹤了吧！好像我是猜中啦！對了，這個事件和傳聞中的怪盜二十面相有關吧？」

小林少年問得實在是直截了當。

這個孩子真的是個偵探，壯太郎徹底佩服了。

於是，他將近藤老人叫到會客室，兩個人向這個少年詳細地講述了事件的始末。

少年一邊在關鍵的地方插嘴問一些簡短的問題，一邊認真地聆聽著，聽完後，他提出想要看看那尊觀音像。於是，他在壯太郎的帶領下看了美術室，隨後再次回到原來的會客室。在一段時間內，他什麼也沒有說，閉著雙目，好像沉浸在思索中。

不久，少年眼睛睜得大大的，向前邁了一步，意氣風發地說道：「我想出了一個絕妙的辦法。如果對方是魔法師的話，我們也變成魔法師。這是個非常危險的方法，但是，不冒風險，就不能夠取得成功。之前我做過更危險的事情。」

「哦，那就全靠你了。究竟是怎樣的方法呢？」

「您聽我說……」

少年突然靠近壯太郎，在他耳邊低語。

「啊，你來做嗎？」

壯太郎聽了這超乎尋常的提議，不禁瞪大了眼睛。

「是的，聽起來很困難，但是對我們來說是個值得一試的方法。多年前，先生曾用這一手給法國怪盜魯邦嘗了點厲害。」

「該不會有什麼危險波及壯二吧！」

「那個大可放心。對方是個無名小賊反而危險，可二十面相這個傢伙沒違背過約定吧！因為是以佛像換回壯二，所以在發生危險以前，壯二必定已經安然無恙地回到這裡了。如果情況有變，那就隨機應變。不用擔心啊！我雖然是孩子，但也絕不會想出莽撞的辦法來。」

「明智先生外出不在，讓你做這樣危險的事情，如果有什麼三長兩短的話就糟糕啦！」

「哈哈哈……你不瞭解我們的生活！偵探和員警一樣，為了破案就算倒下了也是我們的夙願。不過，不會出事的，不是非常危險的工作，你裝作沒看見就行了。即使你不允許，我也不會抽身啦！我只會按照自己的想法實施計畫。」

羽柴也好，近藤老人也好，少年滿滿的幹勁令他們難以招架。

於是，長時間協商的結果是依小林的計畫行事。

—佛像的奇蹟—

當晚午夜十點，依照計畫，二十面相的部下——三個粗暴的男人進入了羽柴家敞開的大門內。

盜賊們無視站在玄關處的僕人，撇下一句「我們來領取約定好的東西啦」，毫不猶豫地闖進裡面的房間，看來他們已經得知了房間的布局。

美術室門口，壯太郎和近藤老人等候在那裡，叫住了一個盜賊：

「你們應該會遵守約定吧！孩子帶來了嗎？」

這時，盜賊不耐煩地回答道：

「不必擔心啦！孩子已經毫髮無傷地帶到大門口了。不過啊，就算你們找也是白費力氣的。在東西搬走以前，你們是找不到他的。如果不這樣安排的話，我們就危險啦！」

撂下話，三個人就一窩蜂地擁進美術室裡去了。那房間燈光昏暗，四周陳列著玻璃櫃子，儼然就是個博物館。

有些來頭的刀劍、甲冑、手匣、屏風、掛軸等擺得滿滿的，另一邊的角落裡立放著一個高達一公尺半的長方形玻璃櫃，裡面擺放著眾所矚目的焦點——觀世音像。

蓮花臺座上，大約是真人一半大小的淡黑色觀音像坐在上面。本來應該是金光閃閃的吧，可現在只呈現淡淡的黑色，身上穿著的滿是褶皺的衣服也處處是破洞。但是，真不愧是名匠的大作，那圓滿柔和的五官讓人感到盈盈的笑意，再怎樣壞的惡徒瞻仰了這副面容也會合掌參拜。

三個盜賊果然是嚇得不輕，竟然也不看佛像的慈眉善目，馬上就開始工作。

「別磨磨蹭蹭啦！趕時間呢！」

一個男人拿出一塊髒布鋪展開來，另一個男人拿起布一圈圈地纏繞在佛像的玻璃櫃外面。不一會兒，一個讓人不明所以的布包裹就完成了。

「看，可以了吧？如果打橫抬的話會弄壞的。用力，用力。」

旁若無人的聲音響起，三個傢伙從正門將那尊佛像運了出去。

壯太郎和近藤老人一直跟在三個人的身邊戒備著，直到他們將佛像裝上卡車。要是只有佛像被拿走了，而壯二卻沒有回來，他們可就賠了夫人又折兵了。

不久，卡車的引擎聲轟隆響起，車子好像馬上就要出發了。

「喂，壯二在什麼地方啊？沒有歸還壯二以前，這輛車子不能離開。如果你們硬要走，我們馬上通知員警。」

近藤老人聲嘶力竭地吼道。

「我說過不用擔心！瞧，看看後面。小鬼已經好好地在玄關了。」

一回頭，果然在玄關的電燈前看見一大一小兩個黑色的人影。

趁著壯太郎和老人被壯二吸引了注意力，「再見啦……」，卡車離開大門，眼看著走遠了。

兩個人匆忙地返回到玄關處的人影身旁。

「哎，這倆傢伙不是剛剛門邊的那對乞丐父子嗎？果然還是上了他們的當！」

這兩人確確實實看似父子乞丐。兩個人都穿著破破爛爛的髒衣服，用汙漬斑斑的手帕包住雙頰。

「你們是誰？誰讓你們進來的。」

近藤老人嚴厲地斥責道，乞丐父親用怪異的聲音笑了起來。

「嘿嘿嘿，這是約定好的啊！」

兩人正覺得一頭霧水不明所以的時候，那乞丐父親突然地跑了起來，好像一陣風般地在黑暗中向著門外飛奔而去。

「父親，是我啊！」

乞丐兒子說出的話讓兩人驚訝不已。兩人取下他臉頰上的手帕，脫下破破爛爛的衣服扔掉後，出現在面前的是熟悉的學生服和白淨的臉蛋兒。這乞丐小孩不是別人，正是壯二。

「怎麼回事啊？這麼一副髒兮兮的模樣。」

羽柴握著重逢的壯二的手詢問道。

「二十面相那傢伙讓我穿上這樣的衣服，而且在我嘴裡塞了東西，讓我不能說話。」

這麼說來，剛剛的乞丐父親正是二十面相本人。他裝扮成乞丐，不露聲色地在確認佛像被搬運出來後，才按照約定歸還壯二並逃走。話說扮作乞丐多麼大膽啊！如果是乞丐，徘徊在別人家的大門口也不會被懷疑，這就是二十面相的高明之處。

壯二安全回到家裡。聽說他雖然被對方關進了地下室裡，不過並沒有受到什麼虐待，吃飽喝足。

羽柴家的擔憂情緒煙消雲散了。父母親的喜悅之情就交給各位讀者盡情地想像了。

另一方面，偽裝成乞丐的二十面相一陣風般奔出羽柴家，隱藏在昏暗的小巷裡，迅速地脫下乞丐的衣物扔掉後，裡面是早就裝扮好、穿著褐色和服外褂模樣的大爺打扮。一頭白髮，臉上滿是皺紋，不論怎麼看都是個年逾花甲的老人。

他整理了一下衣著，拄著偷偷帶來的竹杖，弓著背，東倒西歪地往前邁步。哪怕羽柴無視約定，派出追兵，這樣也不用擔心被他們識破，簡直是滴水不漏的周到準備。

老人走到大街上招停一輛計程車，跨進車內，讓司機向著他胡亂指的方向開了二十分鐘後，換乘別的汽車，這一次才駛往真正的巢穴。

汽車停靠的地方是戶山原的入口。老人下了車，在漆黑一片的原野上動作遲緩地向遠處走去。如此說來，盜賊的巢穴就在戶山原。

原野的盡頭，在繁茂的杉樹林中，孤零零地佇立著一棟老舊的房子，這棟建築物看起來破舊得無法居住。老人在那棟房子的門口咚咚咚地敲了三下門，稍微停頓了一會兒，又咚咚地敲了兩下。

這看來是同伴間的暗號，這時門打開了，之前偷出佛像的其中一個手下突然探出頭來。

老人沉默不語地邁開步，迅速地向著屋內走去。走廊的盡頭有寬敞的房間，想必過去一定很氣派吧！房間的正中間，蠟燭散發著的紅褐色光芒照亮了纏著布條的佛像玻璃櫃。

「好好，你們做得很好。這是獎賞，去找點樂子吧。」

說著給了三個人好幾張大鈔，等他們起身離開，老人慢慢地解下玻璃櫃上的布條，單手舉著那根蠟燭，站在佛像的面前，打開玻璃門框。

「觀音大人，二十面相的本事怎麼樣啊！昨天是價值連城的鑽石，今天是國寶級的美術品。如果照著這樣的情勢發展，用不了多久我計畫中的大美術館就可以完成啦！哈哈哈……觀音大人，你實在是雕刻得太完美了，簡直是活菩薩。」

各位讀者，就是這個時候。二十面相自言自語的話音未落，發生了驚人的奇蹟。木製觀音像的右手猛地朝前面伸出來。而且，手上握著的不是原來的蓮花而是一把手槍，正定定地瞄準著盜賊的胸口。

佛像是不可能自己行動的。

那麼，這尊觀音像如同機器人那樣安裝了機械裝置嗎？鎌倉時代的雕塑不可能有那樣的裝置。那麼，究竟為什麼會發生這個奇蹟呢？

不過，被手槍指著鼻子的二十面相沒有工夫思考那些事情。他啊地大叫一聲，往後踉蹌幾步，同時舉起雙手示意投降。

—落入陷阱—

就連怪盜對於這一幕也大為震驚。如果對方是人，就算被手槍瞄準也不會吃驚，但是鎌倉時代的觀音像一下子動了起來，能不吃驚嗎？

與其說是吃驚，倒不如說是心底升起一股恐懼感，好像做了一個可怕的惡夢，又像是碰到了妖怪，完全是一種不知所以的恐懼感。

膽大包天的二十面相一臉可憐相，面色蒼白，踉踉蹌蹌地後退，將蠟燭擱在地面，雙手高高地舉起來，像是在說對不起。這時，又發生了一件可怕的事情。觀音菩薩從蓮花臺座上下來，站在了地板上。然後，一聲不響地用手槍瞄準目標，一步、兩步、三步，逼近盜賊。

「你，你究竟是什……什麼人？」

二十面相發出困獸似的哀嚎。

「我嗎？我是來拿回羽柴家鑽石的。只要你現在交出來，還可以饒你一命。」

佛像竟然開口說話了！用威嚴的聲音命令著。

「哈哈，你是羽柴家的奸細啊！裝扮成佛像的樣子，來查明我的藏身之處吧！」

明白對方是人類以後，盜賊稍稍打起精神來。但是，不知名的恐懼感也並非完全消失了。那是因為，就算是人裝扮的，佛像也實在太小了。看他的立姿，只有十二、三歲孩子的身高。這個小不點從容不迫地用威嚴的聲音說話，實在令人毛骨悚然。

「我要是不交出鑽石呢？」

盜賊提心吊膽地試探對方。

「只能要了你的命了。這把手槍啊，可不是你一貫使用的玩具。」

「觀音」彷彿完全看穿了這個白髮老者，他實際上就是二十面相裝扮的，可能是偷聽了方才他和手下的對話從而推測出來的吧！

「就讓你看看這不是玩具的證據吧！」

剛說完，觀音像的右手就出其不意地動了。同時，猛然蹦出一陣驚人的聲響。房間另一邊的窗戶玻璃轟隆一聲破碎了。手槍裡發射出一顆真正的子彈。

小不點觀音像掃了一眼飛濺一地的玻璃碎片，迅速地將槍支瞄準原來的位置，印度人般漆黑的臉上掛著淡淡的令人發寒的冷笑。從指著盜賊胸口的槍口處，還升起了白色硝煙。

這個黑色臉龐小怪物的膽量使二十面相感到有些害怕。這樣不按常理出牌、行為粗暴的人，不知道會做出什麼事來，可能真會用手槍殺死自己。即使順利躲過了那顆子彈，那麼大的響聲，也會被附近的居民懷疑，以至於節外生枝。

「算了算了，鑽石就給你吧！」

盜賊撂下這句話，走到房間角落的大書桌前，從挖空桌腳處的祕密抽屜裡取出六顆寶石，放在手掌上握得咔吱作響，走回原地。

鑽石在蠟燭的照耀下，散發出猶如彩虹般的耀眼光輝。

「喂，就是這個。好好檢查一下再拿過去吧！」

小不點觀音像伸出左手，接過鑽石後，用老人般嘶啞的聲音笑了起來。

「嘿嘿嘿……二十面相看來也怕死！」

「嗯，真是可惜，我甘拜下風哪！」盜賊懊惱地咬著嘴唇，「對了，你究竟是什麼人？竟然還有能讓我二十面相跌破眼鏡的傢伙存在，我也是備感意外啊！能告訴我你的名字嗎？也讓我開開眼。」

「哈哈哈……承蒙你的誇獎，是我的榮耀啊！名字嘛……就留作你進入監獄後的樂趣吧！員警會告訴你的。」

觀音像得意洋洋地說道，仍舊拿著手槍，朝著房間門口一步步地倒退。

探明了盜賊的巢穴，取回了鑽石，接下去只要安全地走出這棟破房子，跑到附近的警察局就可以了。

各位讀者想必早就知道裝扮成這個觀音像的人是誰了吧！小林少年作為怪盜二十面相的對手，獲得了漂亮的勝利。心情是多麼愉悅啊，功勞之大連大人也嘆為觀止。

可是，就在他還差兩三步就能夠走出房間的時候，突然，周圍響起一陣異樣的笑聲。只見老人模樣的二十面相一副憋不住笑意的模樣，張大了嘴笑個不停。

啊，各位讀者，還不能掉以輕心。這是個久負盛名的怪盜。看起來像是輸了，事實上，說不定留下了什麼殺手鐧。

「哎，你這傢伙，有什麼可笑的。」

打扮成觀音像的少年吃驚之餘停下了腳步。

「哎呀，失禮，失禮，因為你使用大人的口吻，讓我很不適應，最後忍不住就笑出來啦。」

盜賊終於止住了笑聲，回答道：

「我終於識破了你的真實身分。好一個將計就計，能有這樣本事的傢伙，世界上沒幾個！說實在的，我最先想到了明智小五郎。

可是，明智小五郎不可能那樣矮小啊，你是個孩子。如果說是深知明智作風的孩子，那就別無他人了。據說明智有個名叫小林芳雄的小助手，哈哈哈……怎麼樣，猜中了吧！」

對於盜賊的判斷，裝扮成觀音像的小林少年不由得暗暗吃了一驚。可是，仔細一想，現在目的已經達成，即使讓對方認出自己，也完全沒有必要驚慌。

「正如你所知，我是個孩子。可是，二十面相這等人物，如果被我這樣的孩子擊敗了，可是有些丟臉的啊！哈哈哈……」

小林少年不服輸地反唇相譏。

「小鬼，真是可愛呢……那麼，你認為已經勝過我二十面相了嗎？」

「別再嘴硬啦！好不容易偷出來的佛像活生生地動了起來，鑽石也被拿走了，還沒有輸嗎？」

「是啊！我絕對不會輸哦！」

「那麼，你要怎麼做呢？」

「你等著瞧吧！」

二十面相話音剛落，小林感到腳下的地板突然消失了，身體突然懸浮在半空中，緊接著的一瞬間眼冒金星，身體好像被一股可怕的力量拋到了什麼地方，他感到一陣劇烈的疼痛。

啊，太大意了！他站著的地板正巧設有陷阱，盜賊悄悄地按下藏在牆壁裡的按鈕，同一時間金屬扣鬆開，打開了那處漆黑的四方地獄入口。

劇痛難忍，身體也無法動彈，俯臥在昏暗地下的小林耳邊響起二十面相幸災樂禍的嘲笑聲，那是從遙遠的上方傳來的。

「哈哈哈……小鬼，一定很痛吧！真是可憐啊！好了，在那裡慢慢反省吧，想想你的敵人究竟擁有怎樣的力量吧。哈哈哈……要擊敗我二十面相，你還太嫩了啊！哈哈哈……」

—七件道具—

大約二十分鐘的時間裡，小林少年在黑暗的地底下保持著墜落後的姿勢一動不動。由於腰部狠狠地挨了一下，痛得他不想動彈身體了。

那段時間，頭頂上傳來二十面相惡狠狠的譏諷，隨後他砰地一聲關上了陷阱的蓋子。小林已經沒有獲救的希望了，永遠是個俘虜。如果盜賊不給小林飲食的話，那麼他最終只能餓死在這無人知曉的破房子的地下室裡了。

年紀小小的少年要怎麼忍受這樣可怕的處境呢？如果是一般的少年，一定會在極度的寂寞和恐懼中絕望地抽泣。

可是，小林少年既沒有哭泣，也沒有絕望。他年少剛毅，並沒有認輸。

等腰部的疼痛慢慢緩和後，少年首先做的事情是偷偷地觸摸藏在破爛僧衣下面的小背包。

「碧波，你沒事吧？」

他一邊說著奇怪的話一邊撫摸背包，裡面有什麼小東西正喀嚓喀嚓地活動著。

「啊，碧波沒受傷吧！只要有你在，我一點兒也不寂寞哦！」

確認了「碧波」沒事，小林少年在黑暗中坐下，從肩膀上解下背包，從裡面取出袖珍手電筒點亮，在光線中撿起散落在地板上的六顆鑽石和手槍放進袋子裡，順便細心查點裡面的每件物品，確保沒有丟失。

眼前齊齊擺放著少年偵探的「七件寶」。據說曾經有一個叫武藏坊弁慶◢的大俠將所有的武器背在背上行走，人稱「弁慶的七件寶」，這個傳說流傳至今。小林少年的「七件寶」不是那麼大的武器，全是用雙手就可以握住的小物件，不過這些東西的效用絕不亞於弁慶的七件寶。

首先是袖珍手電筒。在夜間的搜查工作中，燈光比什麼都要重要。而且，這個手電筒有時能夠用於發送信號。

接著是小型萬能刀，裡面折疊著鋸子、剪刀、錐子等各種各樣的工具。

還有，用結實的綢帶做成的繩梯，疊起來只有一拳大小。除此之外，還有袖珍望遠鏡、鐘錶、指南針、小筆記本和鉛筆、剛剛嚇唬盜賊的小手槍等物件。

◢武藏坊弁慶：平安時代末期的武裝寺廟僧徒，傳說出生時就有兩三歲小孩的大小，長相像鬼一樣。經常被當作日本小說的素材，是武士道精神的代表人物之一。他所使用的工具，稱為「弁慶的七種道具」，包含有薙刀、鐵之熊手（草耙）、大槌、刺又、大鋸、鉞和鐵棒。

對了，不能忘記小「碧波」，那是一隻鴿子。可愛的鴿子蜷縮著身子，溫順地在背包的隔層裡待著。

「碧波，這兒有些不舒服，你要稍微忍耐一下哦！可別被可怕的大叔發現了！」

小林少年說著撫摸著牠的腦袋，碧波好像能夠聽懂這些話一般「咕咕」叫著表示回答。

碧波是少年偵探的護身符。他篤信只要和這個護身符在一起，不論碰到怎樣的危險也會安然無恙的。

還不只如此。這隻鴿子除了作為護身符以外，還有一個重要的作用。在偵探的工作中，通信裝置比起什麼都來的重要。因此，員警有裝備了無線電臺的汽車，遺憾的是私家偵探沒有那樣的東西。如果有能夠隱藏在西裝下面的小型無線電報器就好了，可是由於無法獲得那樣的東西，小林少年想到了信鴿這個有趣的辦法。

這確實是孩子氣的主意。但是，孩子純真的想法有時候會出現讓大人意想不到的效果。「我的背包裡有著我的無線電臺和我的飛機。」小林少年曾經得意洋洋地說過。信鴿既是無線電臺，又是飛機。

小林逐一檢查完七件道具後，一臉滿足地將背包藏在衣服中，接著開始用手電筒查看地下室的情況。

地下室大約五坪，四周被水泥牆壁包圍，這個房間過去好像是儲藏室。小林覺得某處應該有階梯，試著搜尋了一遍後，發現房間一側的天花板上懸著一把巨大的木製梯子。光堵住出入口還不算，連木梯子都吊了起來，實在是滴水不漏。在這樣的情況下，別妄想能從地下室裡逃出去。

房間的角落裡擺放著一張快要壞了的長椅，上面團著一條舊毛毯，除此之外別無家具，感覺像是一個監獄。

小林少年看著那張長椅，突然想起一件事情來。

「羽柴壯二一定是被監禁在這個地下室裡的。那麼，他一定在那張長椅上睡過覺。」

這樣想著，小林有一種親切的感覺，他靠近長椅，按按坐墊，展開毛毯。

「那麼，我也在這張床上睡一個晚上吧！」大膽無畏的少年偵探自言自語，在長椅上躺下了。

任何事情等天亮以後再說，在那之前必須好好地養足精神。的確，道理上是這樣沒錯，但是在這樣可怕的處境中，悠閒地睡一覺對於一般的少年來說是不可能做到的事情。

「碧波，來，睡覺囉！做一個有趣的夢哦！」

小林少年將裝著「碧波」的背包小心翼翼地抱在懷裡，在黑暗中閉上了眼睛。不一會兒，長椅上傳來少年安穩的呼吸聲。

——信鴿——

小林少年猛然睜開眼睛，由於房間裡的樣子和偵探事務所的臥室不一樣而大吃一驚，不過轉眼間便想起了昨晚發生的事情。

「想起來了，我被監禁在地下室裡了。可是地下室怎麼會這麼亮！」

陽光應該無法照進地下室裡，他看了看周圍，發現另一邊的天花板附近有一扇小小的採光窗正開著，他昨晚一點兒也沒有察覺到。

那是一扇極小的窗戶，才三十公分見方，並且鑲嵌著粗粗的鐵欄杆，在離地下室地板近三公尺高的地方。如果從外面看，那扇窗就緊挨著地面吧。

「感覺逃不出去啊。」

小林趕緊從長椅上站起來，走到窗戶下方，仰望著明亮的天空。窗戶上安裝著玻璃窗，但是已經碎了，小林覺得如果大聲呼叫，從外面經過的人是可以聽見的。

因此，小林將長椅推到窗戶下面，踮起腳站在長椅上，可這樣還是搆不著窗戶。憑孩子的力氣沒有辦法將沉重的長椅豎立起來，又找不到其他可以當踏板的工具。

小林好不容易發現了窗戶，卻連從那裡窺視外面也做不到嗎？當然不會，各位讀者完全不用擔心。這種時候繩梯就有用武之地了。少年偵探的七件寶馬上就能夠派上用場了。

他從背包裡取出絲綢的繩梯，將它展開，像牛仔投擲繩索般，瞄準窗戶的鐵欄杆，將梯子另一端的鉤子拋擲上去。

在失敗了三、四次後，「咔嚓」一聲終於成功了。鉤子順利地纏繞在鐵欄杆上。這個繩梯是極簡單的工具。在一條大約五公尺長的結實絲綢細繩上，每隔二十公分打一個大大的結圈，將腳趾放入那個圓結處，就能攀登了。

小林的手勁比不上大人，但是論身手卻不會比任何人遜色。他輕而易舉地登上繩梯後，抓住窗戶的鐵欄杆。

經過一番觀察之後，他失望地發現鐵欄杆深深地封在水泥中，用萬能小刀或別的什麼都無法拆卸下來。

那麼，如果大聲呼救會怎麼樣呢？不，那也是白費力氣。窗外荒蕪的庭院裡生長著雜草和茂盛的樹木，遠處是矮樹籬笆，籬笆外面是一片沒有道路的空地。如果等有孩子來這片空地上玩耍再開口求救的話倒是行得通，問題是求救聲能夠傳到那兒嗎？

而且，如果發出這麼大的叫喊聲，在空地上的人聽到之前就已經被二十面相聽見了。不行，不行，怎麼能做那麼危險的事情呢？

小林少年徹底失望了。但是失望之餘，也有一個重大的收穫。說起來到目前為止，他完全無法推測出這棟建築物究竟在什麼地方，但通過觀察窗外，他已經完全弄清楚位置了。

各位讀者可能會說只通過觀察窗外就知道位置，不是很牽強嗎？但是，小林非常幸運的，確實掌握了方位。

他看見窗外有一棟在東京只此一家且格外顯眼、特殊的建築物。如果是東京的各位讀者應該會知道戶山原有棟巨大混凝土建築物吧？正是最好認的標記！

少年偵探牢牢地記清楚了那棟建築和盜賊家的方位關係後從繩梯上爬下來，趕緊打開背包，取出筆記本、鉛筆和指南針，一邊確認方位一邊試著畫出地圖。原來這裡是戶山原北面偏西的一個角落，這時候七件寶中的指南針發揮了作用。

小林順便看了看手錶，剛剛六點出頭。上面的房間鴉雀無聲，二十面相可能還在睡夢中。「啊，真是遺憾呢！好不容易查明了二十面相的藏身之處，清楚地瞭解到這個位置，卻不能將盜賊逮捕歸案。」

小林緊緊地攥起小拳頭，懊惱不已。

「我的身體如果能夠像童話裡的小精靈那樣變小，長出翅膀，從那扇窗戶飛出去該有多好！這樣馬上就可以通知警視廳，帶著員警來將二十面相逮捕歸案。」

他幻想著，深深地嘆了口氣，但是那個不著邊際的幻想卻給了他靈感，腦海中浮現出一個絕妙的辦法來。「我真傻！我不是有碧波？」

想到這裡，他高興地漲紅了臉，心怦怦直跳。

小林用興奮得輕顫的手在筆記本上註明盜賊巢穴的位置和自己被監禁在地下室裡的現況，撕下那張紙，折疊成一小塊，然後取出背包中的信鴿碧波，把紙塞到它腳上繫著的小管子裡，再緊緊地塞上蓋子。

「碧波啊，終於到你大顯身手的時候啦！爭氣一點，不要在半路上逃跑哦！準備好了嗎？瞧，從那個窗子飛出去，儘快抵達夫人那裡。」

碧波停在小林少年的手指上，可愛的眼睛東張西望，靜靜地聽著，彷彿明白了主人的命令，不久便勇敢地拍打著翅膀，在地下室裡飛行了兩三圈，最後咻地向窗外飛了出去。

「啊，太好了。如果一切順利的話，碧波會飛到明智先生的太太那裡。阿姨讀了我的信，想必會大吃一驚吧！但是，她一定會馬上給警視廳打電話的。接著，警官快速趕來，大概要三十分鐘，或是四十分鐘？總之，現在算起一小時之內就可以抓住盜賊了，我也能從這個地窖裡出去了。」

小林少年一邊遙望著碧波飛向天空，一邊沉浸在幻想中，想像著之後的一切。他一點兒也沒有注意到天花板上的陷阱蓋子不知什麼時候打開了。

「小林，做什麼呢？」

二十面相耳熟的聲音宛如驚雷般在少年的耳邊響起。

他驚訝地聞聲望去，從天花板的方形洞口處，盜賊依舊是昨天的打扮，一張滿頭白髮的臉龐正倒過來俯視著下方呢！

啊，難道碧波飛出去的事情被看見了嗎？

小林不由得臉色驟變，注視著盜賊的臉。

—奇妙的交易—

「少年偵探，昨晚睡得怎麼樣啊？哈哈哈……唷，窗戶上怎麼掛著一根黑色的細繩哪？啊，是你準備的繩梯呢！佩服，佩服，你真是一個深謀遠慮的孩子啊！可是，那扇窗戶的鐵欄杆憑你的力氣是無法打開的。你傻站著看窗戶也沒用，逃不出去就是逃不出去，真是可憐啊！」

盜賊嘲諷的口吻令人討厭。

「早上好，我並沒有想著要逃出去呀！真是心情舒暢。這個房間我很滿意呢！我打算舒舒服服地住在這裡喲！」

小林少年也不甘示弱。剛才信鴿從窗戶飛出去的一幕該不會被盜賊發現了吧，小林的心臟緊張地跳動著，但是聽二十面相的口氣，他並沒有發現，所以小林完全放下心來。

只要碧波平安飛抵偵探事務所，就足以振奮人心了。二十面相再如何惡言相向也沒有關係，小林堅信最後的勝利是屬於自己的。

「你說心情舒暢？哈哈哈……我是越來越佩服啦！不愧是明智的得力愛將，真是好氣魄。可是，你難道不擔心嗎？你已經飢腸轆轆了吧！難道說就算餓死也不怕嗎？」

二十面相口出狂言，他還不知道現在因為碧波的報告，警察局的大批員警正迅速趕來。小林默不作聲，在心中嘲笑著二十面相。

「哈哈哈……看起來有點沮喪呢！告訴你一個好辦法吧，你可以付出代價啊！這樣你就能吃到美味的早餐啦！哎呀哎呀，不是金錢。吃飯的代價就是你拿著的手槍喲！如果把那把手槍乖乖地交給我，我就吩咐廚師，馬上就給你送早餐來。」

盜賊說了很多虛張聲勢的話，說到底就是手槍令他感到害怕。以吃飯為代價奪取手槍，是二十面相的如意算盤。

小林少年深信不久以後將會得救，所以他覺得忍耐著不用餐其實也沒什麼，但表現得過分鎮定反而讓對方產生懷疑就糟糕了。而且，反正手槍已經沒有什麼用處了。

「真不甘心啊，可我只能答應你的要求了！說實話，我都餓得前胸貼後背了。」

小林故作憤恨地回答道。

盜賊沒有發覺這是在演戲，以為自己的計謀得逞，露出得意洋洋的表情。

「呵呵呵……哪怕是少年偵探也敵不過飢餓啊！好好，現在就去給你拿飯菜！」

二十面相說著關上陷阱，身影也隨之消失了，不久，從天花板上隱約傳來好像是他命令廚師的聲音。

餐點的準備比想像中花時間，當二十面相再次打開陷阱探出臉來，已經過了二十分鐘。

「喂，給你拿來熱騰騰的飯菜啦！不過，我得先收取我應得的。你把手槍放進這個籃子裡。」

帶著繩索的小籃子降下來。小林少年照他說的將手槍放入後，籃子被俐落地拉上去，再一次降下來的時候，裡面放著三個冒著熱氣的飯糰、火腿、生雞蛋和茶壺。按照俘虜的身分來說，這樣的餐點已經是相當豐盛了。

「喂，慢慢地用餐吧。只要付出代價，不論怎樣好吃的東西都會給你的。交換午餐的代價是鑽石。真是可憐啊，好不容易到手的東西要一顆一顆交還給我啦！再如何懊惱，也敵不過餓肚子啊！我會讓你將那些鑽石全部還給我的喲！一顆接一顆，哈哈哈……飯館的主人也是個相當有趣的工作啊！」

二十面相因為這場不同尋常的交易高興得無以復加。可是，這樣慢吞吞地要求，真的能夠將鑽石拿回來嗎？

說不定在那之前，他自己就成俘虜了吧？

—小林少年的勝利—

二十面相現在就蹲在陷阱邊上，把玩著剛剛到手的手槍，表情得意之極。就在他還想嘲弄小林少年的時候，一陣腳步聲響起，接著出現了廚師那張驚恐得抽搐的臉。

「不得了啦……三輛汽車上坐滿了巡警……從二樓的窗戶看出去，已經停在大門外面了……快逃呀。」

碧波果然完成了使命。而且，比小林預計的還要快，員警已經抵達了。在地下室聽到這些騷動的少年偵探高興得手舞足蹈。

面對這樣的突襲，就連二十面相也不得不大吃一驚。

「什麼？」他驚呼一聲，霍地站了起來，甚至忘記關上陷阱，馬上就向著門口衝過去。

但是為時已晚，一陣陣從外部猛烈撞擊大門的聲音傳了進來。從貓眼看出去，外面是身穿制服的員警組成的人牆。

「該死！」

二十面相氣得渾身發抖，這一次朝著後門的方向跑去。可是還沒跑到一半，後門也傳來了激烈的撞擊聲。盜賊的巢穴已經被員警完全包圍起來了。

「頭兒，已經不行了，沒有出路了。」

廚師發出絕望的叫喊聲。

「沒辦法了，去二樓。」

二十面相好像打算藏身到二樓的閣樓。

「這更不行啦！馬上就會被發現的。」

廚師用帶著哭腔的聲音叫喊道，盜賊不顧這些，冷不防地拖拽起廚師的手，使勁拖著往閣樓的階梯跑去。

兩個人的身影消失在階梯上後不久，正門口一聲巨響，大門轟然倒地，多名員警蜂擁而入。幾乎在同一時間，後門也打開了，從那裡也衝進多名身穿制服的員警。

指揮官是中村搜查組長。組長讓看守的員警站在正門和後門的各個重要地點，隨後指揮剩下的所有人員逐一搜查每個房間。

「啊，是這裡，這裡是地下室。」

一個員警在陷阱口大叫起來。轉眼間跑過來的眾人蹲著俯視昏暗的地下室，其中一人看見了小林少年的身影：「你是小林嗎？」他招呼道。久候多時的少年大聲叫道：

「我就是，請快點把梯子放下來。」

另一方面，員警毫無遺漏地搜查了樓下所有的房間，但是到處都沒有發現盜賊的身影。

「小林，你知道二十面相去什麼地方了嗎？」

抓著終於從地下室爬上來、衣著怪異的少年，中村組長匆忙詢問道。

「剛才還在這個陷阱口，應該沒有逃到外面去。該不會是在二樓吧？」

小林少年的話還沒有說完，從二樓傳來了一陣不同尋常的叫喊聲。

「快點過來，抓到盜賊啦！」

眾人聞聲而動，紛紛湧向走廊一頭的階梯。激烈的腳步聲轟轟響起，登上階梯後是閣樓，只有一扇小窗戶，光線猶如傍晚時分般昏暗。

「這裡，這裡。快過來幫忙。」

在一片昏暗中，一個警官摁倒一個白髮白鬚的老人，大聲叫嚷著。老人好像很難對付，不斷反抗著，好不容易才制服了他。

衝在最前面的兩三個人猛地扭壓住老人，緊跟著，四個人，五個人，六個人，員警們重疊著向盜賊身上撲去。

都已經這樣了，再怎麼倡狂的盜賊也只能束手就擒。轉眼間他便被五花大綁起來。

白髮老人筋疲力盡地蹲坐在房間的角落裡，這時中村組長帶著小林少年走了上來，當場驗證犯人的真偽。

「這個傢伙肯定是二十面相嗎？」

組長詢問道，少年當即點頭確認：「是的，是這傢伙，二十面相就是裝扮成這樣的老人。」

「你們將這個傢伙押上警車去，別出什麼差錯。」

聽到組長的命令，員警們從四面八方押著老人走下階梯去了。

「小林，你真是立了大功啦！明智先生從國外回來的時候，想必也會非常吃驚吧！畢竟對手是二十面相這樣的大人物啊！到了明天，你的名字會響徹日本的。」

中村組長緊握少年大偵探的手，一副感激不盡的模樣。

就這樣，戰鬥以小林少年的勝利告終。佛像從一開始就沒有交出去，六顆鑽石也完好無缺地放在背包裡面。這是一次無可挑剔的勝利。儘管盜賊煞費苦心，結果不僅沒有得到任何東西，自己卻被逮捕了。

「我總感覺好像做夢一樣，竟然戰勝了二十面相。」

小林興奮得臉色發青，不敢相信這是事實。

可是，此刻因逮捕盜賊而過分欣喜的少年偵探完全忘記了一件事情，那就是二十面相的廚師的行蹤。他究竟藏匿在什麼地方了呢？那樣徹底的搜查，卻完全沒能找到他的蹤影，實在是不可思議呀！

他應該不可能有逃跑的機會。如果廚師有逃脫的機會，二十面相應該也逃走了。這麼說來，他仍然藏身於屋內的什麼地方嗎？這是不可能的事情。無法想像在眾多員警的嚴密搜查下會出現那樣的疏漏。

各位讀者，且先將書本放下，試著思考一下。廚師的離奇失蹤究竟意味著什麼呢？

—可怕的挑戰書—

在戶山原的廢屋裡逮捕犯人後大約又過了兩個小時，警視廳陰沉的審訊室裡正在進行對怪盜二十面相的審問。昏暗的房間內沒有任何裝飾，只有一張書桌，中村搜查組長和裝扮成老人的怪盜對峙著。

盜賊的手被反綁著，旁若無人地叉開雙腿站立著。從一開始，他就像啞巴一樣默不作聲，一句話也不說。

「先讓我看看你的本來面目吧！」

組長靠近盜賊的身旁，猛然揪住白色的假髮，一下子扯了下來，露出烏黑的頭髮。接著，強行拔掉他滿臉的白鬚。盜賊終於露出了本來面貌。

「哎呀，沒想到你是個醜男人啊！」

組長這樣說道，露出一副難以置信的表情。也難怪，盜賊像野蠻人般長相奇特：狹窄的額頭、零零散散的短眉毛、一雙閃著兇狠目光的金魚眼、又塌又扁的鼻子、鬆弛的厚嘴唇，完全不是聰明人的長相。

就像先前所說的，這個盜賊是擁有好多張完全不同面孔的怪物，有時是老人，有時是青年，甚至也能夠裝扮成女人，因此別說是社會大眾，就連員警們也不知道他的真實相貌。

但這是多麼醜陋的容貌啊！可能這張像野蠻人一樣的面孔也是偽裝的吧！

中村組長真切地感受到一種無法形容的恐懼。他一動不動地注視著盜賊的臉，不知不覺中聲音逐漸變大。

「喂，這是你真正的樣子嗎？」

這實在是個奇怪的問題。但是，他覺得必須要問這個愚蠢至極的問題。

這時盜賊索性咧開了沉默不語的嘴，賊兮兮地笑了起來。

看到這些，中村組長不由得一陣毛骨悚然，感覺眼前正在上演著某種超乎想像的奇怪狀況。

組長為了掩藏恐懼，越發靠近對方，突然舉起兩隻手開始擺弄盜賊的臉。時而揪眉毛，時而按鼻子，時而擰臉頰，好像對待玩具那般。

可是，再如何查看，也沒有任何偽裝的痕跡。裝扮成英俊青年的盜賊其實有著一張好像怪物一樣的醜陋面孔，這實在是出人意料。

「嘿嘿嘿……好癢啊，停手，好癢啊！」

盜賊終於叫出聲來。多麼窩囊的話啊！他就連說話的方式也能夠偽裝，把員警徹底當傻瓜了吧！不對，莫非……

組長大吃一驚，再一次注視著盜賊。他的腦海中閃現過某種駭人的想法。啊，可能發生那樣的事情嗎？簡直是無稽之談，根本不可能。但是，組長卻不得不對此加以確認。

「你是誰？你究竟是什麼人？」

組長再一次提出了奇怪的問題。

「我叫木下虎吉，是個廚師。」聽他的口氣，好像終於等來了這個問題。

「住嘴！別以為信口開河能蒙混過關，想都別想。說實話！二十面相不是舉世聞名的大盜賊嗎？別像縮頭烏龜似的。」

被組長大聲斥責後，不是應該感到非常害怕嗎？盜賊卻突然前俯後仰地大笑起來，究竟是怎麼回事呢？

「哎呀，二十面相就是我這個樣子的嗎？哈哈哈……真是出乎意料啊！你覺得二十面相是這樣醜陋的男人嗎？你也是有眼無珠啊！」

中村組長聽了這話，不由得臉色大變：「閉嘴，怎麼會有那麼荒唐的事情呢？小林少年確實證明過你就是二十面相啊！」

「哇哈哈哈……他搞錯了，所以才可笑至極啊！我啊，只是一個廚師，確實沒做過任何壞事啊。我是大約十天之前被那家主人雇傭的，並不知道二十面相什麼的。要不你去廚師公司調查，馬上就會明白。」

「廚師為什麼會裝扮成老人的模樣？」

「我是突然間被按住，換上和服，戴上假髮的喲！其實我什麼都不知道，員警闖進來的時候，主人抓著我的手，就往閣樓上跑去啦！」

「那個房間裡有隱藏的櫥櫃，裡面裝著各種各樣偽裝的衣服。主人取出警服、帽子等迅速穿戴整齊後，讓我穿上他的老人和服，然後冷不防地一邊大聲叫著『抓到盜賊了』，一邊按住我的身體讓我動彈不得。現在回想起來，說到底那是他演的一場戲，因為閣樓的光線昏暗，在那樣的騷亂之中，人臉什麼的根本就看不清楚。」

「我只有任他擺布的份！主人的力氣可真大啊！」

中村組長臉色鐵青、表情僵硬，一言不發地猛地按下了桌上的電鈴，命令侍應立刻傳喚今早包圍戶山原廢屋的員警中，負責看守大門及後門的四位員警前來。

組長用可怕的表情瞪視著進來的四個員警。

「逮捕這個傢伙的時候，有人從那棟房子裡出去過嗎？那傢伙可能穿著員警的制服。有誰看到了嗎？」

一個員警回答道：「說到員警的話，有一個出去了啊！那人抓住盜賊以後喊我們上二樓，我們便匆匆忙忙向著階梯快速跑去，那個男人反倒跑了出去。」

「你們為什麼不彙報？還有，你有沒有看見那個男人的臉？就算穿著員警的制服，如果看到臉，不是馬上就能夠辨別出是冒牌貨了嗎？」

組長額頭上的靜脈鼓脹起來。

「當時沒機會看清楚他的臉。他好像一陣風似的跑過來，又飛奔出去。我稍微感到有些不對勁，因此問他去什麼地方，那個男人說是組長命令他去打電話，說著就跑了出去。

如果是打電話，過去也有這樣的先例，所以我沒有深究。而且，因為盜賊已經抓住了，我也就把員警跑出去這件事給忘了，沒有向您報告。」

下屬振振有辭。這也從另一個方面反映出盜賊的計畫靈活而且滴水不漏，不得不讓人感到吃驚。

已經沒有任何疑問了。站在這裡像野蠻人的醜男人不是怪盜，只不過是一個無足輕重的廚師。一想到為了抓這個無關緊要的廚師，十幾名員警上演了那樣一場大規模的行動，不論是組長還是四位警官對此都只能表情愕然地面面相覷。

「對了，員警先生，主人叫我把他寫的這個東西交給你。」

廚師虎吉打開和服外褂的前襟，取出一張滿是折皺的紙片，遞到組長面前。中村組長一把奪過紙片，緩了口氣，迅速地讀起來。讀著讀著，組長的臉色因憤怒而發紫了。

紙片上寫著如下一段輕蔑調侃的內容：

尊敬的中村善四郎組長：

好好地向小林轉達我的問候，他實在是一個了不起的孩子，我喜歡得不得了。但是，小林再可愛，我也不會為了他而犧牲自己。對那個被勝利衝昏頭腦的孩子，我想說聲抱歉，同時也是給他一個現實世界的教訓。請轉告他，還是放棄用孩子單薄的力量和我二十面相對抗的好。再這樣做，會發生意想不到的狀況。順便稍微向各位警官透露一點我的計畫。羽柴一家有點兒可憐，我不打算再折磨他們了。說實在的，我不能一直執著於那樣寒酸的美術室。我是個大忙人，其實現在正在著手執行更了不起的事業。至於那是怎樣的「大工程」，近期就會傳到各位的耳中的！那麼，到那個時候再見啦！

二十面相

各位讀者，很遺憾，二十面相和小林少年的戰鬥最終還是以怪盜的勝利告終了。二十面相還嘲笑羽柴家寒酸，張狂地宣布著手「大工程」。他所謂的「大工程」究竟意味著什麼呢？這一回，可能小林少年也束手無策了，只有期待明智小五郎的回國，這也不再是遙遙無期的事情。

啊，多麼期盼大偵探明智小五郎和怪盜二十面相單打獨鬥的那一天！那將是一場智慧的較量。

—美術城—

從伊豆半島的修善寺溫泉向南大約四公里，沿下田街道進山，有一個極其蕭瑟的村莊叫谷田村。那個村子盡頭的森林中，建造著一座如同城堡般莊嚴的宅邸，周圍壘砌著高高的土牆，土牆上植入了尖細銳利的鐵針，土牆的內側是寬幅約達四公尺的環形水渠，碧綠的水流淌著，水深幾近一人的身高。這些都是為了不讓人靠近而準備的。縱然跨過了尖刺林立的土牆，也無法跳過土牆下的護城河。

然而，其正中央並沒有城堡，而是建造著一棟大型建築物，厚厚的白色牆壁，小小的窗戶，宛如一個大倉庫。

附近的人們都叫這棟建築物為「日下部的城堡」，當然那不是真正的城堡，在這樣的小村鎮裡是不可能有城堡的。

那麼，這棟固若金湯的建築物究竟是什麼人的住處呢？如果是沒有員警的日本戰國時代便不得而知，可現在的社會，就算再有錢的富豪，也不會住在這樣戒備森嚴的宅邸裡。

「那裡究竟住著怎樣的人啊？」

一旦被路過的旅客問及，村民必然會這樣回答：

「那個啊？那是瘋狂的日下部老爺的城堡喲！據說是害怕寶物被偷掉吧，他是一個不和村裡人打交道的怪人呀！」

日下部家族世世代代是這個地方的大地主，但是到了現在的左門氏這一代，大片的土地已全部轉讓給別人了，剩下的只有這棟城堡般的宅邸和裡面收藏著的大量古代名畫。

左門老人是一個狂熱的美術品收藏家。主要收藏古代名畫，雪舟◢、探幽◢等等出現在小學課本上的名家大作，可以說幾乎沒有遺漏地收集起來了。百來幅的畫作中，大部分是國寶級的傑作，傳聞其價值連城。

現在明白日下部家的宅邸如同城堡般固若金湯的原因了吧！左門老人將這些名畫看得比性命還要重要。他寢食難安，擔心它們有朝一日落入賊手。

即使挖了溝渠，在圍牆上植入了鐵針，他還是不放心。到最後，只要見到來訪者，

◢雪舟：日本室町時代水墨畫畫家，被譽為「日本水墨畫始祖」。

◢探幽：狩野探幽，日本江戶時代的藝術家。

他便會懷疑這個人該不是來偷畫的吧，漸漸地不再和老實的村民們交往了。

左門老人就這樣終年關在城堡裡面，凝視著收集的名畫，幾乎不再外出了。由於過分熱衷美術，他沒有娶老婆，也沒有孩子，一直過著以看守名畫為職的生活，不知不覺已經六十出頭了。

總而言之，老人就是美術城裡不同尋常的城主。

今天老人也待在建築物盡頭的一間房裡，被滿室的古今名畫包圍，一動不動地坐著，如同沉浸在美夢之中。

室外陽光溫暖明媚，但為了防盜，這間房只有一扇鑲嵌著鐵欄杆的小窗戶，好像監獄般陰冷、昏暗。

「老爺，請開門。有您的一封信。」

上了年紀的男僕在房間外揚聲說道。這麼大的一座府邸裡，只有這個老伯和他的太太兩個僕人。

「信？很難得。拿進來。」

老人回答道，隨後咔噔咔噔地打開了厚重的門板。和主人一樣滿是皺紋的老伯拿著一封信走進來。

左門老人接過信看了看背面，奇怪的是沒有寄信人的名字。

「誰寄的啊？真是少見啊……」

收件人確實是日下部左門。不管怎樣，先拆開信封看看裡面的內容再說。

「哎，老爺，怎麼啦？信裡寫了什麼讓您擔心的事情嗎？」

老伯不由得緊張地大聲叫出來。左門老人的表情發生了劇烈的變化：沒有鬍鬚滿是皺紋的臉上好像枯萎了一般失去神采，牙齒脫落的嘴哆哆嗦嗦，老花眼鏡後面小小的眼睛散發著不安的光芒。

「不，沒……沒什麼事。你不會明白的，到外面去。」

他用顫抖的聲音嚴厲地斥責道，將老伯趕了出去。怎麼會沒事，老人沒有失去知覺暈倒在地已經很不可思議了。

其實，那封信中寫著如下內容：

尊敬的日下部左門先生：

無人引薦便冒冒失失地給您寫信，實在抱歉。但是，我想即使沒有介紹人，您通過報紙也能夠清楚地瞭解我是什麼人。

簡單告知您一件事情，我決定一幅不剩地接手貴府收藏的所有古畫。十一月十五日晚上，必定到訪收取。

我擔心突然造訪驚嚇到您，特地事先通知。

二十面相

啊，怪盜二十面相終於注意到這個伊豆山中的美術收藏家了。他裝扮成為員警，逃出戶山原的巢穴後大約過了一個月。這期間，誰也不知道怪盜在什麼地方做什麼。或許是在建造新的據點，招兵買馬，策畫下一個可怕的陰謀吧！第一個冤大頭，就是深山中日下部家令人震驚的美術城。

「十一月十五日的晚上，就是今晚啊！啊，我該怎麼辦才好呢？既然被二十面相盯上了，我的寶物就如同已經沒有了一樣。那傢伙可是警視廳也無可奈何的可怕盜賊，這種偏僻鄉村的員警哪裡應付得了！

啊，我的生活要毀滅了。這些寶物如果被偷走的話，還不如乾脆讓我死了的好。」

左門老人突然站起來，開始在房間裡一圈圈地打轉。

「難道氣數已盡了嗎？已經沒辦法逃脫了。」

不知不覺中，老人布滿皺紋的蒼白臉龐被淚水濡溼了。
「……啊，我想起來啦，我想起來啦！為什麼現在才想到呢？
神啊，看起來還沒有拋棄我啊！只要那個人在的話，我或許還有救！」
老人突然想起了什麼，臉上馬上洋溢出一股生氣來。
「喂，作藏，作藏在嗎？」
老人走出房間，啪啪地拍著手，不斷高聲叫喚著老伯。
聽到主人不尋常的聲音，老伯匆忙跑了過來。「快點，把《伊豆日報》給我拿來。我記得應該是前天的報紙，怎麼都好，先拿三、四天的報紙過來。快點！趕快啊！」
老人氣勢洶洶地命令道。作藏匆匆忙忙地拿來了成捆的《伊豆日報》，老人抓取的動作也是異常焦急，一張一張地看著社會版。果然是前天，也就是十三號的消息欄中出現這樣一段報導。
「明智小五郎到來：日本首屈一指的大偵探明智小五郎長時間在國外出差，這回完成了使命回到東京，為了緩解旅途中的勞累，本日將投宿修善寺溫泉富士屋旅館，預定逗留四、五天時間。」
「是這個，就是這個！能夠對抗二十面相的除了這個明智小五郎別無他人。羽柴家的盜竊事件中，小林助手還只是個孩子，就有那麼大的本事。如果是他的師父明智偵探出馬，一定可以將我從毀滅中拯救出來。無論如何都必須邀請到這位大偵探前來幫忙。」

老人一邊小聲地喃喃自語，一邊叫來作藏老伯的太太替他更換了和服，隨後嚴實地關上了寶物房間的堅固門板，從外面上了鎖，命令兩個僕人在門前看守著，這才匆匆忙忙地走出府邸去了。不用說，目的地當然是修善寺溫泉富士屋旅館。此行的目的，就是去那裡拜會明智偵探，並拜託他保護自己的寶物。

盼星星盼月亮，大偵探明智小五郎終於回來了，而且來得正是時候。二十面相來襲，他恰巧來日下部先生的美術城附近泡溫泉，這對於左門老人來說，實在是不幸中的萬幸。

身上包裹著深灰色呢絨大衣，體格瘦小的左門老人幾乎是跑著通過長長的坡道，到達富士屋旅館的時候已經下午一點了。

「明智小五郎先生呢？」

老人詢問道。店家回應說偵探去了後面的山溪釣魚。於是，老人拜託女傭帶路，大步地向著溪澗那邊爬下去。

走過長著繁密的山白竹的危險坡道，下到深幽的山谷間，清澈的溪水潺潺流動。水流中處處有好像踏腳石般的大塊岩石突出水面。在最大且平坦的岩石上，一個身著棉袍的男人弓著背，目不轉睛地注視著釣竿的前端。

「那位就是明智先生。」

女傭走在前面，輕巧地在岩石上跳躍著，慢慢地靠近那個男人。

「明智先生，這位先生說想和您見面，是特地從遠處趕過來的。」

穿著棉袍的男人似乎受了驚擾，他回頭望過來。

「不要那麼大聲，魚都逃走啦！」他嚴厲斥責道。

亂蓬蓬的頭髮，銳利的目光，有些蒼白而稜角分明的臉，高挺的鼻子，沒有蓄鬍，嚴肅而充滿力量的嘴唇，他一定就是照片上見過的那個明智大偵探了。

「這是我的名片。」

左門老人一邊遞上自己的名片，一邊稍稍彎下了腰：「我要懇求先生幫忙，所以前來拜訪。」

然而明智偵探雖然接過了名片，但也沒好好看上一眼，一副很不耐煩的樣子：「啊，是嗎？什麼事情啊？」說罷又將精神都集中到釣竿的前端。

老人吩咐女傭先回去，目送她的背影後說道：「先生，其實今天我收到一封這樣的信。」說著從懷中掏出那封二十面相的預告信，將它遞到只顧著看釣竿的偵探面前。

「啊，又被牠逃掉了……真傷腦筋啊，你打擾我釣魚了。你倒是說說這封信究竟和我有什麼關係呢？」

明智由始至終看起來都很冷淡。

「先生不知道人稱二十面相的盜賊嗎？」

左門老人有些生氣，毫不客氣地問道。

「啊，二十面相？你說這信是二十面相寄來的嗎？」

名偵探一點兒也沒有吃驚的表情，照舊注視著釣竿的前端。

老人無可奈何，大聲地朗讀起怪盜的預告信來，並詳細說明了日下部家的城堡中珍藏著怎樣的寶物。

「哦，你就是那座奇怪的城堡的主人啊？」

明智好像終於被勾起了興趣，轉過身朝向老人。

「是的。那些古代名畫是比我生命還重要的寶貝。明智先生，無論如何請幫幫我這個老人，拜託你了。」

「那麼，你希望我怎麼做呢？」

「我希望您能夠立刻到我的住宅，守護我的寶物。」

「通知員警了嗎？我認為尋求員警的保護才是當務之急。」

「沒有，是這樣的，這麼說吧，比起員警我更加仰仗先生。我堅信作為二十面相的對手，能夠不落下風的偵探除了先生以外沒有別人了。而且，這裡只有小小的警署，要叫來有本事的員警很花時間。畢竟二十面相今天晚上一定會襲擊我家，不能再慢吞吞的了。碰巧那天看到先生要來這個溫泉的消息，這簡直可以說是上天的指引。先生，這是我這個老人唯一的請求，無論如何請幫幫我。」

左門老人幾乎雙手合十，再三央求著。

「既然你這麼說，我姑且就接受你的請求吧！二十面相對我來說也是個敵手，我正等著他儘快出現在我面前。在那之前，必須先和員警商量。回旅館後我給員警打個電話吧！我打算拜託他們派兩三個刑警當助手，以防萬一。你先行一步回去吧，我和刑警一起隨後就到。」

明智的語氣突然間充滿了熱情，他不再理會釣竿了。

「謝謝，謝謝。這樣一來我就放一百個心了。」

老人一邊撫摸著自己的胸口，一邊反覆地道謝。

—不安的一夜—

日下部左門老人疾駛著寄存在修善寺的汽車回到自己的城堡，過了三十分鐘後，明智小五郎一行人也抵達了。

除了換上合身的黑西裝的明智偵探外，還有三個員警署的刑警，都是穿西裝的壯漢，他們各自拿出了印有頭銜的名片，和左門老人寒暄了幾句。

老人立刻帶著四個人到房屋深處收藏著名畫的房間，畫軸被並排懸掛在牆壁上，還有些收藏在箱子裡或堆在架子上，他展示出無數國寶級的傑作，並一一說明著它們的由來。

「感謝你的介紹，確實是讓人驚嘆的收藏啊！我也非常喜歡古畫，有空閒的時候，就會去看看博物館或寺院的寶物，但是還沒見過如此歷史悠久的傑作們彙聚一堂呢！難怪會引起喜歡美術的二十面相注意！就算是我也是垂涎三尺啊！」

明智偵探感慨萬千，逐幅評價名畫，讚不絕口，其評價之深刻之專業，就算是專家也望塵莫及，連左門老人也禁不住大吃一驚。

眾人一起早早地用過了晚飯，終於到了部署守護名畫工作的時候。

明智用俐落的口吻指揮著三名刑警，一個人在收藏名畫的房間裡面，一個人在大門口，一個人在後門，擔任通宵看守的工作，一旦發現可疑人物，便立刻吹響哨子。刑警們在各自的看守點就位，明智偵探從外面砰地一聲關上收藏間厚重的門板，並讓老人上了鎖。

「我就在這扇門前守候一個晚上吧！」

名偵探這樣說著，在門板前的走廊上緩緩地坐了下來。

「先生，這就安全了？對您說這樣的話可能有些失禮，但對手可是魔法師一般的傢伙啊！我還是感到擔心。」

老人邊看明智的臉色邊吞吞吐吐地詢問道。

「哈哈哈……沒有什麼可擔心的。我剛剛充分地觀察了房子，房間的窗戶上鑲嵌了嚴密的鐵欄杆，牆壁的厚度有三十公分，刑警在房間的正中央瞪大眼睛戒備著，而且，我本人也守護在唯一的進出口處呢！除此之外，沒有什麼需要注意的啦！你大可放心，還是好好地睡上一覺吧！就算是待在這裡，事情也不會有什麼不同啊！」

老人怎麼也不答應。

「不，我一定要在這裡守夜。即使睡到床上，也無法睡著啊！」

老人說著，在偵探的邊上坐了下來。

「原來如此，就這麼辦吧！我正好也有個說話的對象，可以討論彼此對於繪畫的見解呢！」

不愧是身經百戰的大偵探，沉著冷靜得叫人嫉妒。

於是，兩個人稍稍放鬆，漸漸開始聊起古代名畫來，不過說話的只有明智一個人，老人一副心神不寧的樣子，也無法很好地對答。

長夜漫漫，左門老人感覺好像過了一年吧，時鐘終於敲響了十二下。這時已是深更半夜。

明智時不時地隔著門板叫喚室內的刑警，每一回，都能夠聽到從裡面傳出一聲清晰的回答聲。

「啊——我有些想睡了。」明智打了個哈欠，「二十面相那傢伙今天晚上可能不會來了吧！他也不是傻瓜啊，怎麼會闖進這樣嚴密警戒的地方……老人家，怎麼樣，來一根菸解解乏吧。在國外都是抽這種奢侈的東西啊！」說著，他啪地打開香菸盒子，親自夾起一根，送到老人的面前。

「是這樣嗎？今晚不會來了啊！」

左門老人接過偵探遞來的埃及香菸，仍然很不安地問道。

「哎呀，你放心吧！那傢伙絕對不是傻瓜。如果知道了我守候在這裡的話，應該不會傻乎乎地送上門來吧！」

然後兩人暫時停止了交談，想著各自的心事，抽著香菸，當香菸完全變成灰燼的時候，明智又打了個哈欠：「我稍微睡一下，你也休息吧。沒什麼，不用擔心。據說武士一聽到馬籠頭口銜的聲音就會醒過來，而我的職業病就是聽到任何腳步聲都會醒過來，睡夢中仍保持著一絲清醒呢！」

一說完這些話，偵探就在門板前伸直身體橫躺下去，閉上了眼睛，沒多久便傳來他安穩均勻的呼吸聲。

偵探的行為令老人心中不悅。別說是睡覺，他愈發拼盡全力地側耳傾聽，連一絲細微的聲音也不放過。

總感覺有什麼奇怪的聲音。是耳鳴嗎，還是風掠過附近森林樹梢的聲響呢？

於是，老人集中注意力傾聽。夜色越來越深了。

他的腦袋漸漸地無法思考，眼前好像有一片霧靄般模糊不清起來。突然在那迷濛的霧靄中，出現了一個目光炯炯的黑衣人！

「啊，明智先生，盜賊，盜賊！」

老人不由得大叫起來，使勁搖晃酣睡中明智的肩膀。

「吵什麼啊？哪裡有盜賊啊？你作夢看到的吧？」

偵探紋絲不動，斥責老人。

原來如此，剛才是夢啊，要不就是幻覺吧！老人再怎麼環顧四周，也不見那個黑衣人。

老人感到有些不好意思，一言不發地恢復原來的姿勢，再一次集中注意力側耳傾聽，和剛剛一樣，腦袋裡一下子一片空白，眼前也開始聚集起霧靄來。

那些霧靄一點點地變濃，不久，好像烏雲一樣變得漆黑一片，他感到身體彷彿深深地陷到地底下去了。老人在不知不覺中迷迷糊糊地睡著了。

不知睡了多長時間，在那段時間裡，老人猶如墜入地獄一般持續不斷地做著可怕的惡夢，猛然睜開眼睛，周圍的天色已經大亮了。

「啊，我睡著了嗎？可是，精神明明那樣的緊張，怎麼會睡著呢？」

左門老人感到不可思議。

看看邊上，明智偵探還是保持著昨天晚上的姿勢安安穩穩地睡著。「啊，得救了。看起來二十面相害怕明智偵探，最終沒有來。謝天謝地，謝天謝地。」

老人鬆了一口氣，鎮定地將偵探搖醒：「先生，醒醒，已經天亮啦！」

明智立刻睜開眼睛：「啊，真是睡了個好覺……哈哈哈……看看，不是什麼事情都沒有嗎？」說著，他使勁伸了個懶腰。

「看守的刑警一定也睏了吧！已經沒事了，用過早餐後，請他們好好地休息吧！」

「是啊，那麼，打開這扇門吧。」

老人按照偵探說的，從懷中取出鑰匙，插進鎖眼，咔噔咔噔地打開了門板。可是，打開門後，剛看了一眼，老人就好像被絞死般從嘴裡迸發出「啊——」的喊叫聲。

明智驚慌地站了起來，掃了一眼房間裡面。

「怎麼啦？怎麼啦？」

「啊，這個，這個……」

老人連說話的力氣也沒有了，呢喃著隻字片語，用顫抖的手指著房間裡面。

瞧！老人的驚恐也不是毫無道理的。房間裡的古名畫，不論是掛在牆壁上的，還是收藏在箱子裡、堆積在架子上的，都全部消失了，一幅也不剩啦！

看守的刑警好像被打趴似的倒在榻榻米上，呼嚕呼嚕的鼾聲如雷。

「先……先生，被、被偷走了。啊、我、我……」

左門老人好像一瞬間老了十歲，神情駭人，幾乎就要去抓明智的衣襟了。

—惡魔的智慧—

不可能的事情再一次發生了。二十面相這個傢伙不是人類，是來歷不明的怪物。他就這樣輕而易舉地完成了完全不可能的事情啊！

明智大步地走進房間裡，猛地一腳踢在正打著鼾的刑警腰邊。因為被盜賊得手，他已經火冒三丈了。

「喂，喂，起來。我不是請你到這裡來睡覺的。看看這裡，被偷得一件不剩了啊！」刑警終於直起身子，但仍是一副半睡半醒的模樣。

「你說什麼被偷了啊？啊，我完全睡著了……哎，這是哪裡啊？」

他一臉睡意地東張西望。

「清醒一點。啊，我明白了，你中了迷藥吧？試著回想一下，昨天晚上發生什麼事情了嗎？」明智抓著刑警的肩膀粗魯地搖晃著。

「這麼說，噢，你是明智先生啊！啊，這裡是日下部的美術城。糟糕，我中招了！是的，是迷藥。昨天深夜一個黑影悄悄地接近我身後。然後，然後，有什麼柔軟的東西帶著刺鼻的氣味堵住了我的鼻子和嘴巴。然後，然後，我就什麼都不知道了。」

刑警終於清醒了，一臉愧疚地環顧著空空如也的收藏間。

「果然是這樣。那麼，守護大門和後門的刑警可能也遇到同樣的事了。」

明智嘀咕著跑出了房間，不一會兒，聽到他從廚房的方向傳來的大叫聲。

「日下部先生，請過來一下。」

出了什麼事嗎？老人和刑警尋著聲音的方向走過去，只見明智站在僕人房間的入口處指著房間裡面。

「不管是大門還是後門都看不到刑警們的蹤影。不僅如此，看看他們兩人，受到什麼折磨！」

只見僕人房間的角落裡，作藏老伯和他的妻子被五花大綁，嘴裡塞著東西，正躺倒在地上呢！不用說這自然是盜賊所為。為了清除障礙，將兩名僕人捆了起來。

「怎麼會這樣呢？明智先生，這是怎麼一回事啊？」

已經處於半瘋癲狀態的日下部老人追問著明智。這也難怪，畢竟他視作比生命還要重要的寶物好像做夢一般在一夜之間完全消失了。

「哎呀，我實在無言以對。我不知道二十面相竟然有這樣的本事，是我輕敵了。」

「輕敵？明智先生，你說一句輕敵就搪塞過去了，但是我究竟要怎麼辦才好……

人們口口聲聲中尊稱的大偵探、大偵探，竟然是這麼個樣子……」

老人臉色慘白，充血的眼睛狠狠地瞪著明智，差一點就撲上去了。

明智十分過意不去地低著頭，可是，不久便見他揚起了臉龐。這是怎麼回事啊，大偵探正露出微笑呢！笑容在臉上洋溢開來，最後竟然樂不可支地笑出聲啦！

日下部老人目瞪口呆。明智由於心有不甘以至於神經錯亂了嗎？

「明智先生，你笑什麼啊？這有什麼好笑的啊？」

「啊哈哈哈……太好笑了！大偵探明智小五郎不成樣子啊！不費吹灰之力就被輕而易舉地打敗了。二十面相這傢伙真是了不起啊！我尊敬那傢伙呀！」

明智的樣子越來越奇怪。

「喂，明智先生你怎麼啦？現在不是對盜賊讚不絕口的時候。唉，而且作藏他們這副模樣也實在太可憐了。刑警先生，不要發呆了，快點替他們解開繩子，把嘴裡堵著的東西也取出來，或許能從作藏的嘴裡得到盜賊的線索呢。」

明智一副完全靠不住的樣子，所以日下部老人只能越俎代庖，像個偵探一樣下達命令。

「那麼，聽老人家的命令，把繩子解開吧！」

明智向刑警使了一個奇怪的眼色。

於是，呆愣愣的刑警突然挺直了身體，從口袋裡掏出一捆繩子，一下子繞到日下部老人的後面，突然將他捆住，一圈一圈地綁了個結實。

「這是做什麼？每個人都發瘋了嗎？把我捆起來做什麼啊？不是綁我，應該是解開跌倒在那裡的兩個人的繩子！都說了別綁我！」

可是，刑警一點兒也沒有停手的打算，一言不發地將老人五花大綁起來。

「太瘋狂了，這是做什麼？啊，好疼好疼。我在叫痛呢！明智先生，你到底在笑些什麼？怎麼還不停下來啊？這個人好像是瘋了，快點，讓他把繩子解開。我說明智先生！」

老人完全搞不懂是怎麼一回事。大家都變得神經不正常了嗎？否則不會做出捆綁委託人的荒唐事的，偵探也不至於冷眼旁觀自己被綁呀。

「老人家，你在叫誰啊？好像是叫明智吧。」

明智說出這樣的話來。

「開什麼玩笑啊？明智先生，你難道連自己的名字都忘了嗎？」

「是我嗎？我叫明智小五郎嗎？」

明智面不改色，說的話越來越莫名其妙。

「當然是這樣啊！說什麼蠢話……」

「哈哈哈……老人家，你在說什麼啊！你眼前的根本不是明智啊。」

老人聽了這話，愣怔地張大了嘴，一臉莫名其妙的表情，一時間語塞了。

「老人家，你以前見過明智小五郎嗎？」

「沒有見過，但是，看過照片就知道他的模樣了啊！」

「照片？照片哪裡靠得住！難道說照片和我很像嗎？」

「……」

「老人家，你好像忘記二十面相是什麼樣的人物了吧？二十面相可是個偽裝高手哦！」

「那，那麼，你，你是……」

老人終於弄明白了事情的緣由，大驚失色。

「哈哈哈……你明白了吧！」

「不，不，怎麼可能發生那麼荒唐的事情。我看了報紙啊！《伊豆日報》上明明白白地寫著『明智偵探到來』。而且，富士屋的女傭告訴我說就是你！應該沒有什麼地方出了差錯啊？」

「千錯萬錯！因為明智小五郎還沒有從國外回來呢。」

「報紙應該不會說謊的。」

「但是，這條消息卻是假的！社會版的一個記者中了我的計，就將不實消息的稿件交給主編啦。」

「哼，那麼刑警是怎麼回事呢？刑警應該絕對不會被假明智矇騙過去的。」

老人不願相信面前叉腿站著的男人就是可怕的二十面相，硬是想將這一切當作是明智小五郎的作為。

「哈哈哈……老人家，你還是這樣認為的嗎？該不會是血液循環不暢通吧？刑警？是這個人嗎，還是看守大門和後門的兩個人啊？哈哈哈……只不過是我的部下稍微冒充了一下而已！」

老人即使不願意相信也不得不信了。這個一直當他是明智小五郎的人哪裡是什麼大偵探，根本就是大盜賊，是叫人聞風喪膽的怪盜二十面相。

啊，多麼出人意表的計謀啊，偵探即是盜賊。日下部老人偏偏拜託了二十面相來看守寶物。

「老人家，昨天晚上埃及香菸的味道怎麼樣啊？哈哈哈……想起來了嗎？我在那裡面稍微加了一點藥哦！所以當兩個刑警進入房間，搬出寶物，裝進汽車的時候，老人家正睡得香呢！你問我為什麼能夠進入那個房間？哈哈哈……不是易如反掌嘛！只要稍微借用一下你懷裡的鑰匙就行啦！」

二十面相好像閒話家常般心平氣和地說著。可是，在老人聽來，那彬彬有禮的措辭無疑令人怒火中燒。

「那麼，我們還有急事，就此告辭了。美術品我會十分小心慎重地保管，您大可放心。那麼，再見。」

二十面相鄭重地行了一個禮，帶著偽裝成刑警的手下悠悠然地離開了這個地方。可憐的老人不知所云地大聲叫喚著，想要起身追趕，可牢牢綁在身上的繩子的另一端繫在柱子上，剛搖搖晃晃地站了起來，馬上就又啪地倒下去。老人就這樣倒在地上，悲悔交加地咬緊牙根，流著眼淚，身體不停顫抖著。

—巨人和怪盜—

自美術城一案過去將近半個月，某天下午，一個可愛的少年出現在東京站月臺的人海中。他就是小林芳雄，各位讀者非常熟悉的明智偵探的少年助手。

小林身著夾克，戴著一頂很相稱的鴨舌帽，閃閃發亮的皮鞋不停地撞擊著地面，在月臺上來來回回地踱著步。他手裡緊緊地捏著一張揉成棒狀的報紙。各位讀者，這張報紙上刊登著一篇關於二十面相的驚人報導，不過那已經是後話啦！

小林少年之所以到東京站來是為了迎接明智小五郎的歸來。大偵探這一次終於真的從國外回來了。

明智接受某國的邀請去偵查大案子，大獲全勝，說起來是一位凱旋而歸的將軍。本該有日本外務省或是民間團體的人迎接，但是明智非常討厭大張旗鼓。偵探這個職業應該盡可能低調，因此沒有特意通知公眾，只是告訴自己家裡的人到達東京站的時間。而且，明智夫人從來都不去迎接他，總是由小林少年出動。

小林時不時地看看手錶。過了五分鐘，明智先生的火車終於到站了。三個月沒見面，有一股懷念的情緒湧上心頭，心臟撲通撲通直跳。

小林突然間發覺一個穿著氣派大衣的紳士正笑容滿面地向他靠近過來。看起來很暖和的鼠灰色大衣，藤製的西式拐杖，斑白的頭髮，半白的鬍鬚，胖嘟嘟的臉上玳瑁邊框的眼鏡閃著亮光。對方笑容可掬，可是小林少年完全不認識這個人。

「你是明智先生的屬下吧？」

紳士用渾厚而溫和的聲音詢問道。

「是的……」

看著一臉茫然的少年，紳士邊點頭邊說：「我是外務省的辻野，得知明智先生坐這列火車回來的消息，以我個人名義前來迎接他，想找他談一些機密的事情。」

「是嗎？我是先生的助手小林。」

小林摘下帽子行了個禮，辻野更加和氣了，不停地誇讚道：「啊，我聽說過你的名字！其實，前段時間在報紙上見過你的照片，這才跟你打招呼的。你和二十面相單槍匹馬的較量真是精彩啊！我家的孩子們也是你的忠實粉絲，哈哈哈……」

小林稍稍有些害羞，臉一下子紅了起來。

「說到二十面相，竟然在修善寺冒充明智先生，太大膽了！而且，據今早報紙的報導，他終於要對國立博物館下手了？實在是不把員警放在眼裡，絕不能置之不理。

我由衷地期盼著明智先生回來收拾他。」

「我也是這樣。我竭盡全力地和他對抗，但我的力量終究不敵他。我也一心盼望著先生能替我一雪前恥。」

「你拿著的報紙是今天早上的？」

「嗯，是的。就是刊登著二十面相給博物館預告信的報紙。」

小林這樣說著，將刊登著報導的版面打開給辻野看。社會版的一半都被二十面相的報導占了。其內容概括起來大致為：今天國立博物館的館長收到了二十面相寄出的信，說是將一件不剩地接手博物館收藏的美術品。信中宣布的內容實在讓人驚悚，如之前每次一樣，連盜竊日期為十二月十日都明確地寫清楚。現在離十二月十日只剩下九天的時間了。

看起來怪盜二十面相可怕的野心已經膨脹到了極點，要和整個國家作對，真是豈有此理。他至今為止盜竊的都是個人的財寶，這毫無疑問是令人憎恨的行為，但也並非史無前例。可是，二十面相決定襲擊博物館，盜竊國家的寶物。歷史上從沒出現過如此膽大妄為的盜賊，用大膽或亂來等措辭遠不足以形容。

可是仔細思索一番，這種胡作非為究竟能夠成功嗎？說起博物館，有數十個官員守候著，也有保安，還有巡警。而且，收到了這樣的預告信後，將會布置極其嚴密的警戒。說不準就會發生像是讓巡警組成的人牆包圍住整個博物館之類的事情。

二十面相是瘋了嗎？或者說，那傢伙有自信做到這種近乎不可能的事情？難道他有著人類智慧所無法想像的惡魔智慧？

二十面相的情況就先說到這裡，我們必須迎接明智偵探的歸來了。

「啊，火車好像來了。」

在辻野不注意的時候，小林少年已經朝著月臺的一端趕了過去。

小林站在迎接回歸的人牆前排眺望著左邊，乘載著明智偵探的火車頭不斷地放大，一點點地靠近過來。

空氣猛地震動了一下，黑色的車箱一下子掠過眼前。客窗邊乘客的臉一張張地閃過，隨著剎車聲吱吱地響起，不久火車停了下來，小林在頭等車廂的出入口看到了闊別已久的明智先生。黑色的西裝，黑色的外套，褐色的軟禮帽，清一色的黑色裝束一下子就吸引了小林少年的注意，偵探一臉微笑地向他招手。

「先生，歡迎回國。」

小林已經高興得不顧一切地跑向先生身邊。

明智偵探將好幾個行李箱交給搬運工，隨後走上月臺向著小林而去。

「小林，真是辛苦你啦！我從報紙上全都知道了，你沒事就好。」

啊，這是闊別三個月後第一次聽到先生的聲音。小林用有些發燙的眼神一動不動地注視著大偵探，更加挨近了他的身邊，他們緊緊地握住了對方的手。

就在這時，外務省的辻野靠近明智，他一邊遞上印有職務名稱的名片，一邊開口說道：「是明智先生吧，總是擦肩而過無緣得見，我是外務省的辻野。老實說，我從某些管道聽說了先生坐這班火車回來的消息，由於有急事想和您私下談談，所以前來迎接。」

明智接過名片，好像在思考著什麼，就這樣注視著名片片刻，突然間回過神來，爽快地回答道：「辻野先生，久仰您的大名。事實上，我本打算先回一次家，換一身衣服後馬上就去外務省，您特地前來迎接，真是萬分感謝。」

「真是有勞您了，如果您不介意，我希望能在這附近的鐵路賓館邊喝茶邊聊天，絕不會占用您很多時間的。」

「鐵路賓館嗎？」明智目不轉睛地盯著辻野的臉嘟囔著，口氣裡帶著欽佩，「不妨不妨，陪你走一趟吧！」

然後，他走近等在不遠處的小林少年，小聲地低語了什麼後便命令道：「小林，我要和這位先生去一下賓館，你就先一步坐計程車帶著行李回家吧。」

「好的，那麼我先走了。」

目送小林跟在行李搬運工後面向遠處跑去後，大偵探和辻野肩並肩，親切地交談著穿過地下通道，登上二樓的鐵道賓館。

可以看出辻野事先下了命令，賓館在最好的一個房間裡做好了迎接客人的準備，儀表堂堂的領班恭敬有禮地等候著。

兩個人隔著鋪有氣派桌布的圓桌子坐在安樂椅上，等候多時的服務生馬上端上了茶點。

「我們有點事要密談，你退下去吧！我沒有按鈴，誰也不能進來。」

聽了辻野的命令，領班行了一個禮起身離開。房門緊閉的房間裡只剩下兩個人面對面。

「明智先生，我是多麼想要和你見面啊！」

辻野親切地微笑著，目光卻十分銳利。

明智將身體深深地陷入安樂椅的墊子裡，同辻野一樣一臉和氣地回答道：「我也是，剛剛在火車上我就在想，你該不會親自來迎接我吧？」

「果然名不虛傳啊！這麼說來，你已經知道我真正的名字了吧？」

辻野泰然自若的話語中充滿了驚人的力量。由於興奮，抓著椅子扶手的左手指尖微微地顫抖著。

「至少，從看到這張假名片開始，我就知道你不是外務省的辻野。說到你真正的姓名，我也稍稍有些困惑，不過報紙上好像都叫你怪盜二十面相吧！」

明智淡然地說出這番令人震驚的話。各位讀者，盜賊來迎接偵探回國，這到底是不是真的啊？偵探已經識破卻又接受盜賊的邀約，真的可能發生這樣荒唐可笑的事情嗎？

「明智先生，你真是個了不起的人物啊！從最初見到我的時候就察覺了，卻依舊接受我的邀請，這是連福爾摩斯都無法做到的大膽之舉。我非常開心，我的人生多麼有意義啊！為了這個興奮的時刻，我覺得活著真是太美好啦！」

偽裝成辻野的二十面相好像萬分崇拜明智偵探。但是，不能疏忽大意。他是和全國為敵的大盜賊，正在策畫著一場玩命的冒險。要達到目的，必須做好周密的準備。快看，辻野的右手就這麼放在西裝口袋裡，一次也沒有伸出來過呢！他到底握著什麼啊？

「哈哈哈……你好像有些興奮過度啦，對我而言，這樣的事情一點兒也不稀奇。但是，二十面相先生，對你還真是有些過意不去呢！正因為我回來了，你煞費苦心的大計畫也將付諸流水啦！博物館的美術品碰都不會讓你碰！另外，伊豆日下部家的寶物也將不再是你的藏品啦！你聽好了，我說到做到。」

雖然這樣說著，可是明智看起來還是相當的愉快。他深深地吸了口菸，噗地一聲將菸氣噴到對方的面前，一臉笑嘻嘻的。

「那麼，我也來和你約定吧！」二十面相也不甘示弱，「到了那天，我必定奪取博物館的藏品！而且，日下部家的寶物……哈哈哈……這些東西能夠還給他們嗎？你要問為什麼的話，明智先生，那件事你不也是共犯嗎？」

「共犯？原來如此啊！你可真是會說笑啊！哈哈哈……」

不消滅對方誓不甘休、充滿著濃烈敵意的兩個人——大盜賊和大偵探好像親切的朋友一樣談笑風生。可是，其實兩個人精神緊張，絲毫也不敢大意。

由於是這樣一個作風大膽的盜賊，所以不知道他有著怎樣的準備。可怕的不單單是盜賊口袋裡的手槍，領班想必也是盜賊的人。除此之外，這賓館裡還混入了多少盜賊的手下？

兩個人越發親切地交談，微笑就越僵硬。明明天氣寒冷，二十面相的額頭上卻浮現出滴滴汗水來。兩個人只有眼睛猶如火焰般閃耀著光芒。

—旅行箱和電梯—

大偵探如果想要在月臺上抓住盜賊的話可謂易如反掌。為什麼要放過這樣的大好機會呢？各位讀者也許會覺得可惜吧！

可是，這正說明了大偵探多麼自信！正因為看不起盜賊，他才會做出這樣驚人的舉動。偵探有自信不讓盜賊染指博物館的任何一件寶物，也發誓要取回美術城的寶物以及其他無數的被盜物品。

而且，現在抓住盜賊反而是不利的舉動。二十面相有著眾多的手下，如果首領被逮捕了，無法預知那些部下們將會怎麼處理偷來的寶物。等查明那些珍貴寶物的藏匿地點後再逮捕他也不晚。

因此，與其讓特意前來迎接自己的盜賊失望，偵探覺得不如乾脆假意接受邀請，探測二十面相的智慧與否也是一種樂趣。

「明智先生，你先試著推測一下我如今的想法吧！你如果想要抓我的話，任何時候都可以做到。看，只要按下那裡的電鈴，接著只要命令服務生叫員警就可以了。哈哈哈……多麼精彩的冒險。這種心情你明白嗎？命懸一線！我現在就站在幾十公尺高的懸崖上呢！」

二十面相毫無畏懼，說著瞇起眼睛盯著偵探的臉，樂不可支地放聲大笑起來。

「哈哈哈……」

明智小五郎也毫不示弱地大笑起來。

「你不用特意做出畏首畏尾的樣子。我知道你的真實身分，依舊若無其事地來到這裡，說明完全沒有抓你的想法哦！我只是想要和大名鼎鼎的二十面相聊聊罷了。抓你這事一點也不用著急，距離襲擊博物館還有九天時間不是嗎？哎呀，我打算慢慢地欣賞你的徒勞無功啊！」

「不愧是大偵探，真是氣度不凡！我都要迷上你了……可是，如果你不逮捕我的話，我就要俘虜你了哦！」

二十面相說話的語調越來越可怕，同時臉上露出令人厭惡的笑容來。

「明智先生，你不害怕嗎？還是說你認為我是無緣無故把你帶到這裡來的？你覺得我沒有任何準備嗎？恐怕你搞錯了，我會放你從這個房間出去嗎？」

「這可說不準哦，你再如何阻撓，我也將從這裡走出去！然後我必須去趟外務省，畢竟我是百忙之身啊！」

明智說著悠悠哉哉地站了起來，朝著和大門相反的方向走去。然後，好像看風景似的，從容不迫地透過玻璃眺望窗戶外面。他輕輕地打了個哈欠，拿出手帕，擦拭著自己的臉。

這時，剛才強健的領班和另一個同樣強壯的服務生打開門毫無顧忌地走了進來，在桌子前面保持直立不動的姿勢。

「喂，明智先生，你好像還不清楚我的能耐啊！覺得這裡是鐵道賓館所以就高枕無憂了嗎？可是你看，如果是這樣呢？」

二十面相說罷，回頭朝兩個大漢望去：「你們，跟明智先生打個招呼。」

這時，兩個男人突然露出一副令人毛骨悚然的表情，一下子朝明智衝了過去。

「等等，你們這是要幹什麼？」

明智背靠著窗戶，擺出對抗的架勢。

「你還不明白嗎？瞧，看看你的腳邊上，放著一隻行李箱，這就是你的棺材。他們現在就要把你塞進那個行李箱中，哈哈哈……

吃驚了吧？我的手下能混進賓館當服務生！

你喊出聲也沒有用！相鄰的房間都被我租下了。而且慎重起見這裡不單只有我的兩個手下。為了不被打擾，走廊裡也安排了許多人站哨。」

太大意了，大偵探輕而易舉地落入了敵人的陷阱。

二十面相討厭鮮血，絕不會做出剝奪生命的事情，可是無論如何，明智小五郎是比員警更大的阻礙，所以一定要限制他的行動。

兩個高大的男人什麼話也沒說，逼近明智，眼看著就要衝上前去，卻稍稍遲疑了一下，應該是被大偵探與生俱來的氣勢震懾住了。

但是，二對一，不，應該是三對一，即便明智小五郎再強大，也無法匹敵。他一回國就成為這個大盜賊的俘虜，可謂最大的恥辱。

可是，我們的大偵探即使在這等危急的時刻，還保持著那開朗的笑容！而且，這個笑容實在是太怪異了。

「哈哈哈……」

兩個人被突然傳來的笑聲震住了，呆立著不動。

「明智先生，還是不要虛張聲勢啦！有什麼可笑的？還是說你受驚過度發瘋啦？」

二十面相無法猜測對方真正的用意，只能惡語傷人。

「哎呀，失禮，你們的表演實在太有趣啦！不過，你到這裡來一下，探頭望望窗外，能夠看到奇特的景象。」

「能看到什麼呢……那裡不是車站月臺的屋頂嗎？」

盜賊總覺得有些擔心，不得不向著窗戶的方向挨近。

「哈哈哈……屋頂的另一邊有些不一般的東西。瞧，就是這個方向！」明智指著那邊說道，「從房頂的縫隙間看過去，可以看到月臺上蹲著一個黑色的人影吧？好像是個孩子呀。他正用小型望遠鏡不斷地眺望著這個窗子呢！那個孩子的臉你不覺得眼熟嗎？」

各位讀者，想必各位早已察覺那是誰了吧。是的，他正是明智偵探的好助手小林少年。小林一邊用袖珍望遠鏡觀察著賓館的窗戶，一邊好像在等待著什麼信號。

「是小林那小子！那傢伙沒有回家？」

「是啊！我吩咐他在賓館的大廳詢問我進了哪個房間，然後注意監視那個房間的窗戶。」

可是，盜賊仍然沒明白那究竟是何用意。

「所以，你打算怎麼辦呢？」

二十面相漸漸感到不安起來，用異常兇狠的態度朝明智逼近。

「看看這個，你們如果對我做了什麼，這塊手帕就會從這窗子飄落下去。」

只見，明智的右手從微微打開的窗戶向外伸去，指尖正捏著雪白的手帕。

「這個就是信號。這樣一來，那孩子便會從月臺上下來，跑進車站的辦公室去打電話。接著員警會迅速趕到賓館，想來只要五分鐘就夠了吧？我覺得以你們三人為對手，抵抗五到十分鐘的力量還是有的！哈哈哈……怎麼樣，這根手指一下子就鬆開啦，那樣就可以觀賞到逮捕二十面相的精彩場面了。」

盜賊暗暗評估著明智伸出窗外的手和月臺上小林少年的身影，看似懊惱地考慮了一下子，最終察覺出了不利，他稍稍緩和了一下臉色開口說道：「那麼，如果我收手，讓你安然無恙地離開的話，那塊手帕應該就不會掉下去了吧？換句話說，就是你的自由和我的自由的交換！」

「當然！就像剛剛所說的，我現在沒有絲毫要抓捕你的念頭。如果打算抓你的話，就不會用手帕信號這種拐彎抹角的方法了。如果直接叫員警，此時此刻你應該待在員警的囚籠中吧。哈哈哈……」

「不過，你還真是個不可思議的男人啊！是想要放我走嗎？」

「嗯，輕而易舉地抓住你總覺得有些遺憾，我打算一網打盡呢！哈哈哈……」

二十面相沉默了很長一段時間，懊惱地咬著嘴唇，不久，突然笑出聲來。

「真不愧是明智小五郎。先別生氣啊，剛剛只是稍微試探你一下，絕不是認真的！今天就先這樣吧，我送你到玄關。」

但是，偵探不是那種被甜言蜜語矇騙便放鬆警惕的人。

「別送了，這裡的各位服務生真是有些礙眼啊！首先，我希望你將這裡的兩位，還有走廊上的同伴們都打發到廚房那裡去。」

盜賊立刻命令服務生們離開房間，大門完全打開後，一眼就能夠看到走廊盡頭。

「這樣行了嗎？瞧，可以聽到那些傢伙們走下臺階的腳步聲呢！」

明智終於離開了窗邊，將手帕收進口袋裡。鐵道賓館應該沒有全部被盜賊占領，因此只要走出了走廊，就可以放心了。稍遠處的房間裡似乎有客人住著，那邊的走廊上，也有真正的服務生正在走動。

兩個人猶如親密的朋友般，並肩走到電梯前面。

電梯門就這麼開著，二十歲左右身穿制服的電梯乘務員正站在裡面，等候已久的樣子。

明智泰然自若地先一步走進去。

「啊，我的手杖忘了拿，你先下去吧。」二十面相剛剛說完這話，鐵門就突然關上了，電梯開始下降。

「奇怪啊。」

明智很快察覺出了不對勁，可他並不慌張，正目不轉睛地注視著電梯乘務員手上的動作。

不出所料，電梯下降到二樓和一樓中間，突然就停止運轉了。

「怎麼啦？」

「對不起，機械好像出了故障，請稍等片刻，馬上就修好。」

乘務員抱歉地說，並不斷地擺弄著操縱器的把手部分。

「你在做什麼？退到一邊去。」

明智厲聲說道，一把揪住乘務員的脖頸拖拽到後面去。由於用力過大，乘務員不由得一屁股坐在電梯的角落裡。

「別想騙我啦！你以為我不知道怎麼操作電梯嗎？」

大聲痛斥後，明智哐噹一聲旋轉把手。你猜怎麼了？電梯輕輕鬆鬆地開始下降啦！

抵達一樓的時候，明智依然握著把手，用銳利的眼神怒視著還跌坐在地上的乘務員，那目光令人害怕。年輕的乘務員哆嗦著，不自覺地壓著後邊的口袋，那裡好像裝著什麼重要的東西。

機敏的偵探沒有錯過那個表情和他手上的動作，冷不防撲了過去，把手伸進他壓著的口袋裡，取出一張紙幣來，是一張大鈔，電梯乘務員被二十面相的手下用金錢收買了。

盜賊打算將偵探關在電梯裡，自己則利用這個空檔從樓梯悄悄地逃走。二十面相已經暴露了真實身分，他沒有勇氣和偵探並肩穿過賓館裡的人群。明智說了絕不會抓他，可是盜賊卻無法相信這樣的話。

大偵探跑出電梯後，一口氣跑過走廊，來到賓館正門。這麼一來，正巧撞上假扮辻野的二十面相悠然地走下大門石階。

「呀，抱歉，因為電梯有一些小小的故障，所以耽誤了啊！」

明智依舊一臉笑意地從後面拍了一下辻野的肩膀。

冷不防回過頭來，辻野臉上的表情難以形容。因為盜賊深信電梯的計謀一定會成功，難怪他現在神色驚恐。

「哈哈哈……發生什麼事了嗎，辻野先生看起來臉色不太好啊！還有，這是那個電梯乘務員拜託我轉交給你的。他說對方不巧知道啟動電梯的方法，因此無法按照命令長時間停留，請你原諒，哈哈哈。」明智心情很好，一邊大笑，一邊將那張大鈔在二十面相的面前晃動了兩三下後，塞到對方手中，「那麼，再見啦！反正馬上就會再見的。」說完快速地朝著相反的方向離開了，沒有回頭看一眼。

辻野就這麼握著錢，目瞪口呆，目送大偵探的背影遠去。

就這樣，大偵探和大盜賊的初次交鋒以偵探完美勝利而告終。對盜賊來說，到口的鴨子就這麼飛了，簡直是給自己賞了一個巴掌。

「這個仇我一定要報！」

他望著明智遠去的背影牢牢地握緊了拳頭，嘟囔著詛咒的話語。

—逮捕二十面相—

「明智先生，聽說剛才有人找你，那傢伙在哪裡啊？」

明智偵探剛剛走出鐵道賓館才五十公尺左右，突然被叫住，不由得停下了腳步。

「啊，是今西先生啊！」

原來是在警視廳搜查課工作的今西刑警。

「客套話我就不說了，自稱是辻野的男人怎麼樣了？最後還是讓他跑了嗎？」

「你怎麼會知道這些？」

「我在月臺上看到小林行為詭異。那孩子實在是倔強啊，不管我怎麼問他就是不說。不過，我用盡辦法最終還是讓他說出了實情。你和一個自稱是外務省辻野的人一起走進了鐵道賓館，那個辻野好像是二十面相假扮的！我立刻給外務省打了電話，辻野好好地待在外務省裡，那傢伙一定是假冒的。我為了支援你就跑過來啦！」

「那真是辛苦您啦，不過，那個男人已經回去了。」

「回去了？那傢伙不是二十面相嗎？」

「是二十面相。我今天和他頭一回見面，是個相當有趣的男人，當我的對手再適合不過了！」

「明智先生，你在說什麼笑話啊？你是說你明明知道這個人是二十面相也不通知員警，就這樣放他走了？」

今西刑警甚至懷疑明智偵探的精神是不是失常了。

「我有自己的想法。」明智平心靜氣地回答。

「就算有自己的考量，也不能擅自決定，這樣我們很難辦事的。我職責所在，必須追緝那傢伙。他從哪邊走的？是坐汽車吧？」

刑警對於偵探獨斷專行的處置十分憤怒。

「如果要追蹤的話……恐怕也是徒勞無功啊！」

「我不必聽從你的指揮，我去賓館調查汽車的車牌號，準備捉拿犯人。」

「如果是車牌號的話，不用去賓館查了，我知道。是13887。」

「你連車牌號碼都知道嗎？那麼，為什麼不在後面追蹤呢？」

刑警再一次驚呆了，但是在這分秒必爭的時刻，不能再繼續如此毫無意義的交談了。刑警將車牌號記在筆記本上，立刻跑向前面的員警值班崗亭。

通過員警的無線電，這件事瞬息間被傳到了東京都內各個警署和員警值班崗亭。

「攔住 13887 這個車牌的車子，那輛車裡乘坐著偽裝成外務省辻野的二十面相。」這個命令讓整個東京的員警無比雀躍！只要逮到那輛汽車，便能夠獲得逮捕惡賊的榮耀。不用說，所有值班崗亭裡的員警都嚴陣以待。

怪盜從賓館出發後二十分鐘過去了。幸運地發現車牌號 13887 汽車的是正在新宿區戶塚町員警值班崗亭當值的一名警官。

他是一名富有勇氣的年輕巡警，不經意間看到一輛超速駕駛的汽車，好像弩箭般從員警值班崗亭的前方飛馳而過，車牌號碼正是 13887。

年輕巡警不由得精神一振，叫住正從後面駛來的空車，跳上去大聲嚷嚷：「就是那輛車，那輛車裡坐著二十面相。快開，速度多快都沒有關係，哪怕引擎爆炸。」

幸運的是，這輛車子的駕駛員是個機靈的年輕人。車子是嶄新的，引擎也無可挑剔，車子像子彈一樣飛馳出去。

疾駛的兩輛汽車讓行人看得瞠目結舌。只見後面車子裡一個巡警弓著上身，全神貫注地注視著前方，正大聲地叫喚著什麼。

「抓人囉，抓人囉！」

瞎起鬨的人邊叫邊和車子一起跑起來，狗也緊隨其後吠叫著。在這樣的騷動中，步行的群眾反而都停住了腳步。

頭一輛汽車對此全然不予理會，自顧自橫衝直撞，不斷地向前衝去。

兩輛車不知超了幾次車，好幾次差點撞上別的車，好不容易才躲避過去。

由於在狹窄的小道上無法加速，盜賊的車子開到了大環線上，開始向著王子方向疾駛而去。盜賊當然注意到了後面的追蹤。可是，他什麼也不能做，在都市裡不可能上演縱身跳車這樣的驚險特技。

穿過池袋的時候，前面的車子傳出一聲激烈的聲響。是盜賊終於忍耐不住了，從口袋裡掏出手槍來了嗎？

不，不是這樣的，這不是好萊塢電影。事到如今在人來人往的城鎮裡即使開槍也不可能逃脫追捕。

那不是槍聲，而是爆胎的聲音。盜賊的好運終於走到了盡頭。

儘管如此，車子在短時間內還能勉強跑動，不過速度卻減慢了，最終被巡警的汽車給追上。

兩輛車子都停了下來，轉眼間四周圍滿了黑壓壓的人群，不久附近的巡警也跑了過來。

各位讀者，終於捉到辻野了。

「是二十面相，是二十面相！」不知是誰帶的頭，群眾中響起了這樣的聲音。

盜賊被從附近跑過來的兩個巡警，和戶塚員警值班崗亭的年輕巡警三個人包圍起來，厲聲呵斥之下，他已經沒有力氣抵抗，垂著腦袋。

「抓住二十面相啦！」

「一副多麼厚顏無恥的樣子啊！」

「這個巡警先生真是了不起啊！」

「巡警先生萬歲！」

在群眾掀起的歡呼聲中，警官和盜賊一同乘上了車子，趕緊向警視廳駛去。因為是要犯，所以不能拘留在員警署裡。

到達警視廳，弄清楚情況後，廳內歡聲雷動。抓獲不可思議、難以對付的凶賊，是多麼意想不到的事情啊！這也多虧了今西刑警機警的處理和戶塚署年輕警官的奮戰，兩個人成了同事們崇拜的對象，幾乎就要被拋到空中了。

聽了這個報告，最高興的當屬中村搜查組長了。組長無法忘記羽柴家一案中被盜賊巧妙逃脫的仇恨。

審訊室內馬上開始了嚴厲的審訊。由於對方是偽裝高手，誰也不認識他的臉，為了確認有沒有抓錯人，當務之急是傳喚證人。

給明智小五郎的宅邸打了電話，可是不巧，名偵探外出前往外務省了，便由小林少年代替他出面指認。

不久，臉頰好像蘋果般可愛的小林少年出現在了肅穆的審訊室裡。他才看了一眼盜賊的身影，立刻就證明這肯定是假冒成外務省辻野的那個人。

—「我是真的」—

「是這個人，一定是這個人。」小林乾脆地回答。

「哈哈哈……怎麼樣啊，你就算再怎麼支吾搪塞也已經沒用了。你毫無疑問就是二十面相。」

中村組長一想到終於抓到了積怨已久的怪盜，高興的心情難以壓抑，他以勝利者的姿態狠狠地瞪著盜賊。

「這事情麻煩了，我絲毫不知道那傢伙就是有名的二十面相！」

偽裝成紳士的盜賊好像打算裝糊塗到底，說出了奇怪的話。

「你說什麼？我完全不明白你所說的意思！」

「我也不明白。是那傢伙裝扮成我以後讓我做了他的替身。」

「喂喂，適可而止吧，你再怎麼裝腔作勢，我們也不會上當的。」

「不不，不是那樣的。先冷靜一下，請聽我說。我就是我，絕對不是二十面相。」

紳士一邊說道，一邊從口袋裡拿出名片盒，遞過一張名片。那上面印有「松下莊兵衛」這個名字，以及杉並區某公寓的地址。

「我叫做松下，由於生意失敗，現在已經是一個失業者了。今天的事情是這樣的。我在日比谷公園閒逛，認識了一個公司職員模樣的男人，那個男人告訴我能讓我發一筆橫財。

說是今天一整天如果乘著汽車在東京都內兜轉的話，不單單是汽油費用，還能領取一大筆報酬。這不是很好的事情嗎？雖然我現在穿著這樣的衣服，卻是一個無業遊民啊，我只是渴望獲得這筆報酬。

那個男人說事出有因，囉囉嗦嗦的話才開始，就被我打斷了，情況什麼的不知道也罷，我馬上就答應了下來。

因此，今天我從早上就乘著汽車到處兜轉。中午得到通知在鐵道賓館吃飯。吃飽喝足以後，那個男人讓我稍等片刻，汽車便停在賓館前面，我坐在裡面等候。過了大概三十分鐘，一個男人從鐵道賓館裡出來，打開我的車子，坐了進來。

我看了一眼那個人後大為吃驚，心想該不是自己神經錯亂了吧？為什麼這麼說呢，是因為他不論是面孔、西裝、外套還是手杖，都和我分毫不差，好像我正在照鏡子一樣，感覺古怪極了。

我呆若木雞地看著，事情變得愈發不可思議啦！那個男人剛坐進我的車裡，就打開了另一邊的門，走到外面去了。

總之，那個和我一模一樣的紳士僅僅只是穿過了汽車。他一邊越過我，一邊說著奇怪的話：『喂，馬上出發。什麼地方都無所謂，全速前進吧！』

你知道嗎，他就留下這樣一句話，便迅捷地消失在鐵道賓館地下室的理髮店入口處。我的汽車碰巧停在那個地下室的入口前面呢！

我覺得不可思議，不過既然和對方約好了，他要我去哪兒就去哪兒，我立刻吩咐司機加足馬力開動汽車。

然後，具體跑過了哪些地方我記不清了，可是在早稻田大學的附近，我注意到有汽車從後面追趕上來。不知為何我慌亂起來，對著司機大吼開快點。

之後的情況就如你們知道的那樣。現在你們明白了吧，我不過是為了得到那筆報酬，而被二十面相那傢伙當作了替身而已！

不對不對，不是替身，我才是真的，那個傢伙是我的替身。

這就是證據，喂，瞧瞧，我才是貨真價實的松下莊兵衛。我是真的，那傢伙是冒充的。你們都明白了嗎？」

松下這樣說著，突然使勁兒地拉扯著自己的頭髮，又抓又擰自己的臉頰讓員警看。

啊，這究竟是怎麼一回事呢？中村組長又一次被盜賊徹底愚弄了。警視廳因捕獲惡賊而湧起的喜悅終究不過是空歡喜一場。

最後，員警叫來了松下所居住公寓的房東，經調查，證實松下的確是沒有任何嫌疑的人。

話說回來，二十面相是多麼的小心謹慎啊！為了在東京站襲擊明智偵探，做足了準備。不僅讓手下成為鐵道賓館的服務生，拉攏了電梯乘務員，還雇傭了這個叫松下的紳士當替身，做好了逃跑的準備。

說起來，這個叫松下的失業紳士確實是個老實人。

—二十面相的新部下—

明智小五郎的家在港區龍土町一片安閒寧靜的住宅區。大偵探和年輕美貌的文代夫人、助手小林少年及一個女僕一起過著樸素的生活。

明智偵探從外務省出來，順便去了一個朋友的住處，回到自己家已經是傍晚了，正巧被警視廳叫去的小林也回來了。他走進二樓明智的書房內，向偵探彙報了二十面相的替身事件。

「大致上和我想的一樣吧！對中村先生真是過意不去啊！」

大偵探臉上浮現出一絲苦笑來。

「先生，我有一些事情不明白。」小林少年的習慣是碰到不理解的事情總是盡可能迅速地提問。

「我明白先生故意放走二十面相的原因，但是為什麼那個時候不讓我跟蹤在後面呢？要阻止博物館失竊，卻不知道那傢伙的藏匿地點，不是很麻煩的事情嗎？」

明智偵探一臉笑意聽完少年助手的提問，站起身來，走到窗戶邊上，向小林少年招了招手。

「這個嘛，二十面相會告訴我的。知道為什麼嗎？剛剛在賓館我給了那傢伙充分的羞辱。偵探明明能夠抓到那樣的大惡賊卻放走了他，這是多麼恥辱的事情，恐怕是你難以理解的！

只因為這件事情，二十面相就恨不得將我殺了。而且，由於我的存在，他的陰謀也無法如願，所以他一定會想要我這樣礙事的人消失。

看看窗戶外面，瞧，那邊有個賣連環畫的攤販吧！正常人應該不會在這麼荒涼的地方設攤的，但是那傢伙早就站在那裡，一邊假裝漫不經心的樣子，一邊拼命地打量著這個窗戶呢！」

聽到這裡，小林望向明智府邸門前狹窄的馬路，確實有一個賣連環畫的攤販，形跡十分可疑。

「這麼說，那傢伙是二十面相的手下囉！是來查探先生情況的啊！」

「是啊，看見了吧，就算不花力氣，對方也會主動送上門來的！跟著那個傢伙，自然就知道二十面相的藏身之處了。」

「我偽裝以後去跟蹤他好嗎？」

小林性急地說道。

「不，沒必要，我已經有初步的想法啦！對方是一個頭腦非常靈活的傢伙，所以不能疏忽大意。

不過啊，小林，這幾天我身邊可能會發生一些怪事！但是，絕對不要驚慌失措啊！因為我絕不會讓二十面相搶占先機的。就算我碰到什麼危險的事情，那也只是我的策略，所以不用感到擔心，知道嗎？」

小林少年聽了那樣心平氣和的話後，反而擔心了起來。

「先生，如果有什麼危險的事情，請讓我來做。先生如果有什麼三長兩短，那可就糟糕了。」

「謝謝，」明智偵探感激地拍了拍少年的肩膀說道，「但這是你無法完成的工作啊！好啦，要相信我，不用擔心！」

就這樣，到了第二天傍晚。

明智偵探的大門前，今天有一個乞丐坐在昨天連環畫攤販的位置附近，他一邊時不時向路人說著什麼，一邊彎腰鞠躬。

他用汙漬斑斑的骯髒手帕包住雙頰，身穿到處打滿補丁、破爛不堪的壞衣服，坐在一張席子上，一副凍得直發抖的樣子，看起來確實可憐。

不可思議的是，一旦沒有過路人，乞丐的樣子就變了。低垂著的頭抬了起來，從蓬亂的鬍髮中露出銳利的目光，目不轉睛地注視著明智偵探的家。

明智偵探那天上午不知去了什麼地方，過了三小時才回到自己家，不知他能否察覺到那個乞丐正從馬路上監視著他的行蹤。就這樣他在書桌前坐下，然後連續不斷地寫著些什麼。那個位置在十分靠近窗戶的地方，因此乞丐能夠清楚地看到明智偵探的一舉一動。

於是，傍晚前的幾小時裡，乞丐很有耐性地一直坐在地上。明智偵探也依舊安穩地坐在書桌前。

下午一直沒有訪客，但是傍晚的時候，來了一個異樣的人，走進了明智府邸低矮的石門裡。

那個男人有一頭從不修剪打理的長髮，布滿整張臉的黑鬍鬚，骯髒的西裝直接套在針織襯衣外面，還戴著一頂不知道是什麼條紋的鴨舌帽。該說是流浪漢呢，還是失業者呢，一看就令人害怕。那傢伙進入大門後不久，突然傳出驚人的怒罵聲來。

「明智！難道你忘記我這張臉了嗎？我是來表達謝意的。喂，給我把門打開！我要進去，對你也好對你太太也好，我要好好表達感謝。什麼？沒事找我？就算你沒事找我，我可是有很多帳要找你算。喂，你給我讓開，我要進去。」

明智好像親自走下門廊，正在與之周旋，但是聽不到他的聲音，只有流浪漢的聲音響徹大門外。

聽到這些，坐在馬路上的乞丐從地上爬起來，悄悄地環視了一下周圍，然後偷偷地靠近石門，從電線杆的背後窺視著屋內的情況。

只見明智小五郎挺立在正面的門廊處，一隻腳就要跨上門廊石階的流浪漢一邊在明智面前舉起緊握著的拳頭，一邊不停地叫嚷著。

明智一點兒也不慌亂，冷靜地看著流浪漢，終於對他越來越放肆的粗話忍無可忍：「蠢貨，說了沒事就沒事，出去吧！」他大聲斥責完，就將流浪漢撞飛出去。被撞飛的男人搖晃著使勁站了起來，一臉豁出去的樣子：「你這傢伙！」便和明智扭打成一團。

可是，要論格鬥，不管流浪漢多麼粗暴，也無法和柔道三段的明智偵探相對抗。轉眼間，他的手腕被扭，尖叫著倒在門廊下的鋪路石上。一時間，身體疼得無法動彈，等好不容易能站起來的時候，大門已經緊緊地關上，看不見明智的身影了。

流浪漢走上門廊，砸得大門砰砰作響，大門好像從裡面被緊緊地拴住了，不管是推還是拉，都紋絲不動。

「混蛋，給我記住了！」

看樣子男人終於放棄了，邊說邊罵地朝門外走去。等流浪漢過去後，乞丐從後面悄悄地尾隨上去，在離開明智府邸有一段距離的地方，突然開口叫住了男人：「喂，你等等。」

「嗯？」男人吃驚地回頭，一看是個髒兮兮的乞丐，「怎麼啦乞丐先生？我可不是到處施捨窮人的有錢人啊！」流浪漢丟下這句話，轉身就要離開。

「不，不是那樣的，有件事情希望你能聽聽。」

「你說什麼？」

由於乞丐說話的語氣很奇怪，男人詫異地觀察起面前的這張臉來。

「別看我穿成這樣，我可不是真正的乞丐。別人我還不告訴他呢！其實我是二十面相的手下。從今天早上開始，就監視著明智那個傢伙啦！你看起來好像也和明智有深仇大恨的樣子啊！」

果然，乞丐是二十面相的手下。

「何止是有仇，我就是因為那傢伙才被關進監獄的。無論如何，我一定會報仇雪恨的。」

流浪漢又再次揮舞起握緊的拳頭，憤恨不已。

「你叫什麼名字啊？」

「我叫赤井寅三。」

「你是哪一路的人啊？」

「我沒有什麼老大，就是一匹獨狼！」

「哦，是嗎？」

乞丐稍微考慮了一會兒，不久，好像想到了什麼，開口詢問道：「你知道二十面相老大的名字嗎？」

「聽說過，據說本事很厲害啊！」

「豈止厲害，簡直像魔法師一樣啊！這一次，老大發誓要將博物館的國寶全部盜取出來呢……但是，對於二十面相老大來說，這個叫明智小五郎的傢伙就是敵人。既然你和明智有仇怨，我們同仇敵愾怎麼樣？你願不願意做二十面相老大的手下啊？這樣你就能夠狠狠地報仇啦！」

赤井寅三聽了這些話，死死地盯著乞丐的臉，不久，啪地拍了一下手，一心想成為二十面相弟子般地說道：「好哩，就這麼決定了。大哥，先給我引見一下二十面相老大吧？」

「嗯，引見是當然的，你和明智有著仇恨，老大一定會非常高興的。可是，在那之前，首先要立下功勞，作為給老大的見面禮啊！那就是抓捕明智。」

乞丐模樣的二十面相手下環視了一下四周，壓低聲音說道。

—大偵探的危機—

「你說什麼，抓那個傢伙？真是太有趣啦，求之不得啊。讓我幫忙吧，一定要讓我出分力。對了，什麼時候下手啊？」

赤井寅三已經完全進入狀態了。

「就是今晚！」

「就是今晚？那真是太棒啦！可是，要怎樣才能抓捕他呢？」

「二十面相老大自然想出了絕妙的辦法啊！他的手下中有個出色的美女，讓那個女人裝成一個年輕的太太，捏造一起明智那傢伙會來勁的複雜案件，前去拜託他。然後，要求他馬上就到她家中去調查，當然汽車司機也是我們的人。那傢伙熱衷於麻煩棘手的案件。而且，對方是一個柔弱的女人，他一定會落入這個陷阱之中的！

說到我們的任務，就是搶先一步到達前面的青山墓地，等待明智乘坐的汽車開過來。那裡是必經之路。

汽車來到我們等待的地方後會緊急剎車。然後我和你從兩邊打開車門竄進車子裡面，控制住明智那傢伙，讓他聞迷藥。迷藥早就準備好了。還有，手槍有兩把，本來還有一個同伴要來幫忙的。不過那傢伙和明智無冤無仇，所以這功勞還是讓給你吧！給你，這是手槍。」

裝扮成乞丐的男人說完從破爛的衣襟裡掏出一把手槍，交給了赤井。

「這種東西我從來沒有用過呢！怎麼用？」

「簡單得很，這把槍沒有裝子彈，把手指放在扳機上做做樣子就行了。二十面相老大啊，最討厭殺人了。這把手槍不過是嚇唬人用的！」

聽說沒有裝子彈，赤井好像有點不滿，但還是將手槍放進了口袋裡，催促著說道：「馬上出發去青山墓地吧？」

「不，還太早了一些，約定的時間是七點半呢！還有兩個小時，找個地方吃了飯以後再慢慢地過去。」

乞丐說著解開揣在腋下骯髒的包袱，取出一件斗篷，將斗篷披在破破爛爛的衣服外面。

兩個人在附近的廉價食堂裡吃了飯，走到青山墓地的時候，天已經完全黑了，一片漆黑當中只見幾盞零星的街燈，荒涼得幾乎像要鬧鬼。

約好的地點是在墓地裡最偏僻的岔道上，夜色中幾乎沒有汽車通過。

兩個人坐在土坡上，一動不動地等待著約定時間的到來。

「真慢啊！別的不說，這地方太冷了！」

「別急嘛，已經快到了！剛才看到墓地入口處店鋪的時鐘是七點二十分，所以馬上就要來了。」

兩人斷斷續續地交談著，等了近十分鐘，終於看見汽車的車燈了。

「喂，來啦！一定是那個，好好幹啊！」

不出所料，那輛車開到兩個人等待的地方，響起急促的剎車聲後停了下來。兩個人立刻從黑暗中跳了出來。

「你，繞到那邊去。」

「明白！」

兩條黑色的身影轉眼間跑到後座兩邊的車門，冷不防地一聲拉開車門，將手槍的槍口對準後座上坐著的人。

同時，坐在後座上的夫人不知什麼時候也掏出手槍做好了準備。最後，就連司機都轉過身來，他手裡也拿著一把發亮的手槍！總之四把手槍的槍頭整齊劃一地瞄準了坐在後座上的一個人。

那個被瞄準的人毋庸置疑就是明智偵探。偵探如二十面相預料，那樣輕易地落入了圈套之中！

「動一下的話就開槍了！」

不知是誰氣勢洶洶地大聲怒喝道。

不料明智就這麼安靜地靠在椅墊上，沒有一點反抗的意思。他死心了？由於他過於安靜聽話，反而讓盜賊覺得有些心慌。

「放倒他。」

低沉而有力的聲音一響起，偽裝成乞丐的男人和赤井寅三就以驚人的氣勢鑽進車子。赤井緊緊抱著明智的上半身用力按住，另一個人從懷裡取出一塊白布俐落地摀住偵探的嘴巴，用力按了好一會兒。

過了五分鐘，當男人鬆開手的時候，就算是大偵探也已經敵不過藥物的力量了，好像死人一樣癱軟下來，失去了意識。

「哈哈哈，不堪一擊的傢伙啊！」

夫人音色優雅地笑著。

「喂，繩子，趕快把繩子拿出來。」

偽裝成乞丐的男人從司機那裡接過一大捆繩子後，讓赤井幫忙將明智偵探的手腳都牢牢地捆綁起來，即使他醒過來，也無法動彈了。

「堂堂大偵探，也任由我們擺布了。我們終於可以毫無後顧之憂地大幹一場了。喂，老大還等著吧！趕快走吧！」

把捆得嚴嚴實實的明智推倒在汽車的地板上，乞丐和赤井坐到後座後，車子一下子飛馳出去。目的地毫無疑問就是二十面相的巢穴。

—怪盜的巢穴—

載著盜賊手下的美麗女子、乞丐、赤井寅三和失去意識的明智小五郎的汽車選擇了一條又一條冷清的街道，不斷地行駛著，終於停在一片陰暗的雜木林中一棟孤零零的住宅前。

那是一棟大約有七八個房間的中等住宅，門柱上掛著北川十郎的姓名牌。家裡的人應該已經睡下了吧，窗戶沒有透出一絲光線，看起來像是一個保守的家庭。

司機（當然也是盜賊的部下）率先下了車，按響了門上的電鈴，不一會兒傳出哐噹一聲，門上那扇小小的窺視窗打開了，出現了兩顆大大的眼珠。

「是你啊，怎麼樣，一切順利嗎？」

門裡的人壓低聲音詢問道。

「嗯，一切順利，快把門打開。」

司機回答完，大門才打開了。

只見，大門內側穿著黑色西裝的盜賊部下嚴陣以待，叉開雙腳站在門內。

乞丐和赤井寅三抱著明智偵探軟弱無力的身體，美女部下也在一邊幫忙，他們一起消失在大門裡面，門隨後關上。

唯一留下的司機跳上了空蕩蕩的汽車，車子好像離弦的箭般開了出去，轉眼間消失不見了。盜賊的車庫在別的什麼地方吧。

抬著明智的三個部下站在房間內另一扇門前，突然間屋簷上的電燈點亮了，亮得有些炫目。

初來乍到的赤井寅三被強光嚇了一跳，但是讓他大吃一驚的不僅僅是這個。燈光剛剛點亮，不知從什麼地方傳來響亮的說話聲。明明沒有任何人，聲音好像鬼魅般響徹空中。

「好像多了一個人。這傢伙究竟是誰？」

一個意想不到的說話聲響起。新加入的赤井有些毛骨悚然，他東張西望地環視著周圍。

於是，偽裝成乞丐的部下大步地靠近門旁的柱子，對著柱子的某個部分說話：「新入夥的，一個和明智有著深仇大恨的男人，完全可以信任。」他自言自語地說道，好像正在打電話一樣。

「是嗎，那樣的話，就進來吧！」

奇怪的聲音又一次響起後，那門自動無聲地打開了。

「哈哈哈……嚇到了？我剛剛是在和屋裡面的首領對話喲！這根柱子的背面安裝著擴聲器和麥克風。首領可是個心思細膩的人啊！」偽裝成乞丐的部下告訴赤井。

「可是，首領怎麼會知道我在這裡呢？」赤井仍然沒有消除疑惑。

「嗯，那個你馬上就會明白。」

對方沒有回答，使勁地抱起明智往室內走去。赤井自然是緊隨其後。

只見一個強壯的男人聳著肩膀叉開腿挺立著，見到大家後笑嘻嘻地點頭示意。沿著走廊來到盡頭的房間，奇怪的是那是一間空蕩蕩五坪大小的房間，看不到首領的身影。

乞丐輕輕地揚了一下下巴，美女部下意會，靠近壁龕◢把手伸到床柱的背面擺弄著什麼。

你猜怎麼了？隨著重物落地的聲響，客廳正中央的一塊榻榻米迅速下陷，出現了一個漆黑的長方形洞穴。

◢壁龕：嵌在牆壁中的櫥櫃，可用來儲物、裝飾或陳列神像雕刻。

「喂，從這裡的梯子下去。」聽到這話，再俯視洞穴裡，確實有一段結實的木頭階梯。

啊，多麼小心謹慎啊！大門的關卡，房間門的機關，即便通過了這兩處地方，不知道這個機關操作方法的人還是無法找到首領。

「發什麼呆啊，趕快下去吧！」

合三人之力抬著明智一起爬下了階梯後，頭頂上的洞穴恢復了原狀。真是嚴密的機關啊！

就算下到地下室，那裡還不是首領的房間。憑藉著微弱的燈光，在水泥走廊上走了一會兒，一扇堅固的鐵門擋住了去路。

偽裝成乞丐的男人用奇怪的節奏，咚咚咚，咚咚地敲了敲門。於是，厚重的鐵門從裡面被打開了——強光刺目，耀眼炫目的氣派西式房間中，迎面的大安樂椅上正坐著一個一臉笑意，三十歲左右，穿著西裝的紳士，這個人就是二十面相，一個頭髮漂亮地鬈曲著，沒有鬍鬚的美男子。不知道這是不是他的本來面目。

「幹得好，幹得好。我不會忘了你們的功勞的！」

首領對於成功俘虜天敵明智小五郎一事高興得不得了。想來也在情理之中，只要將明智關押起來，他在全日本就無敵啦！可憐的明智偵探被一圈圈地捆綁著橫放在地板上。赤井寅三似乎還不滿足，用腳在失去意識的明智頭上又踢了兩三下。

「你和那傢伙有很深的仇恨吧！這才是我的好兄弟。不過，你也別太過火了！敵人本來就是可憐的，而且，這個人是日本碩果僅存的大偵探啊！不要那麼粗暴，解開繩子，讓他躺到那邊的長椅上去吧！」

不愧是首領，二十面相知道對付俘虜的方法。

於是，部下遵照他的命令解開繩子，讓明智偵探平躺在長椅上。大概是藥性還沒有退吧，偵探軟綿綿地躺著，仍然沒有恢復意識。

偽裝成乞丐的男人詳細彙報了綁架明智偵探的過程和拉赤井寅三入夥的理由。

「嗯，做得好。赤井先生看起來是個很能幹的人。而且，和明智有著深仇大恨比什麼都叫我滿意啊！」

捕獲大偵探的喜悅讓二十面相興高采烈。他讓赤井嚴肅地發下莊嚴的誓言成為自己的部下，做完這些後，赤井立刻詢問起從一開始就感到百思不得其解的事情。

「這裡的機關真是叫我大吃一驚啊！可是，我有個不能理解的地方，之前剛剛進內門的時候，為什麼老大能夠看到我呢？」

「哈哈哈……那個啊！瞧，看一下這裡吧！」

首領指了指從天花板一角垂下的好像暖爐煙囪般的東西，示意赤井去瞧瞧。赤井向那邊走去，將眼睛貼在煙囪彎曲的鉤狀筒口。

你猜怎麼了？他看到了內門到大門口的情景，但畫面好像被縮小了，可以清楚地看到那個看門的男人正忠實地站在大門內側。

「和潛水艇裡使用的潛望鏡原理相同哦！不過比起潛望鏡要更加複雜呢！」

難怪需要強烈的燈光。

「可是，你至今為止看到的還不到全部機關的一半呢！還有除了我以外誰都不知道的機關。畢竟這裡是我真正的大本營啊！除此之外，我還有好幾處藏匿地點，但那只不過是一些欺瞞敵人的臨時住處而已。」

那麼，小林少年曾經受挫的戶山原荒屋也是其中的一處吧！

「裡面是我的美術室喲，早晚會給你看的！」

二十面相依舊興高采烈，滔滔不絕地說著話。只見安樂椅的後面，有一扇好像大銀行保險庫那般有著複雜機關裝置的大鐵門，闔得嚴嚴實實。

「裡面也有好幾個房間呢！哈哈哈……嚇壞了吧！這個地下室的空間比起地面上

的部分更加寬廣。就在那一間間的房間裡，分門別類、整整齊齊地陳列著我一生的戰利品。就讓你看看吧！」

「也有房間什麼也沒陳列，還是空蕩蕩的。那裡啊，馬上就會放進很多國寶的。你在報紙上看到消息了吧？就是國立博物館的大量國寶啊！哈哈哈……」

由於已經除掉了明智這個勁敵，美術品等同於已經到手了，二十面相實在是得意，放聲大笑起來。

少年偵探團

第二天早上因為明智偵探徹夜未歸，家裡的人亂成一團。由於記下了那位女事主的住處，便前往調查，結果查無此人，於是大家意識到那可能是二十面相的陰謀。

各大報刊上都是「大偵探明智小五郎被綁架」的大標題，並刊登了明智的大幅照片，大書特書。廣播也詳細地報導了這件事。

「我們的大偵探成了盜賊的俘虜，博物館危險啦！」九百萬東京居民感同身受，十分沮喪，只要有人聚集的地方都在談論這件事，整個東京的上空好像籠罩著一層難以形容的烏雲。

可是，這世界上對於大偵探遭綁架的事，最感到遺憾的莫過於偵探的少年助手小林芳雄。

天又黑了，先生還是沒有回來。員警說先生是被二十面相綁架了，報紙和廣播也是這樣報導的，因此小林少年擔心的不單單是先生的處境，更是大偵探的名譽。

而且，小林除了自己擔心還必須安慰先生的太太。不愧是大偵探的夫人，沒有流淚示弱，但是慘白的臉上一副強顏歡笑的樣子，讓人不忍直視。

「太太您別擔心！先生怎麼可能成為盜賊的俘虜呢？先生一定是有什麼我們不知道的重大計畫才會遲遲不回家的！」

小林不斷地安慰著明智夫人，可是，其實他並沒有什麼自信，勸說的時候帶有一股不安的情緒，話也說得結結巴巴。

看來在這件事情上，大偵探的助手小林也束手無策了，他完全沒有獲悉二十面相藏匿處的線索。

大前天，盜賊手下偽裝成賣連環畫的攤販來探查情況，或許今天也會有可疑的人物徘徊在這附近吧？如果那樣的話，也就有了查探盜賊住處的辦法。為了這一線希望，他時不時地跑上二樓環視主要的街道，但沒有發現類似的身影。或許盜賊達到了綁架的目的，已經沒有這樣做的必要了！

小林這樣想著，不安的第二夜也逐漸過去，迎來了第三天的黎明。

那天正好是星期日，明智夫人和小林少年吃完了有些冷清的早飯後，有個少年突然闖了進來。

「對不起，小林在嗎？我是羽柴。」

呵，眼前站著許久不見的羽柴壯二少年，他那可愛的臉蛋紅通通的，有些上氣不接下氣，看得出來他是焦急萬分地跑過來的。

各位讀者想必還沒有忘記，這個少年就是大企業家羽柴壯太郎的兒子，他曾經在自家的庭院裡設下機關，讓二十面相跌破眼鏡。

「噢，是壯二啊？歡迎來玩啊，快，請進吧！」

小林好像對待自己的弟弟般照顧比自己小兩歲的壯二，將他引入會客室內。

「你今天來有什麼事情呢？」他詢問道。壯二少年用大人般的口吻說：「明智先生受苦了啊！還是下落不明吧？關於這件事，我想和你稍微商量一下。怎麼說呢，從那次事件以後，我就很崇拜你了，我也想要變得像你一樣。後來我在學校裡對大家說了你的事蹟，聚集了十個和我有著同樣想法的人，大家組成了一個叫少年偵探團的團體。當然是不會對學習造成任何影響的啦！我的父親也同意了，只要上學時不偷懶就行。

今天是星期日，我帶著大家來拜訪，希望聽從你的吩咐，用我們少年偵探團的力量來找出明智先生的下落吧！」

一口氣說完了這些，壯二用可愛的眼睛凝視著小林少年，等待他的回答。

「謝謝。」

小林的淚水差點就要溢出眼眶了，不過他忍住了，用力地握起壯二的手。

「如果明智先生知道你們的事情，不知道該有多高興呢！就請你們的偵探團助我一臂之力，大家一起尋找線索吧！

但是，你們和我不一樣，所以不能讓你們做危險的事情，萬一出了閃失，我對不起大家的父親和母親啊！

我現在想到的是完全安全的偵察方法。你知道『探訪』這個說法嗎？到處詢問各式各樣的人，不論多麼微小的事情也不能放過，是一個掌握線索的好方法。

比起三心二意的大人，孩子更加機靈，而且不容易引起對方警覺，一定會大有收穫的！

再加上，我知道前天晚上帶走先生那女人的長相和穿著，還有汽車行駛的方向，所以我們就朝著那個方向一路探訪過去！

不管是店家的學徒或是推銷員還是郵差，就算玩耍的孩子也要叫住，一個不漏地詢問。

如果前面有岔路，那就麻煩了，但由於人數多，每當遇到岔路，逐條路探查就可以了。

就這樣探訪一整天，可能會掌握到什麼線索吧！」

「嗯，就這麼辦吧！小事一樁嘛。那麼，我把偵探團的成員叫進來可以嗎？」

「嗯，請吧！」

於是，兩個人在得到明智夫人的許可後，向門廊那走去，壯二立刻跑到大門外面去，轉眼間帶領著十個偵探團的團員進門來。

只見都是些小學高年級的學生，少年們看起來健康而開朗。

在壯二的介紹下，小林從門廊上向大家問好。接著，仔仔細細地給大家說明了搜查方法，獲得了一致通過。

大家都推崇小林做團長，在高興之餘，有的少年甚至歡呼起來。「小林團長萬歲！」

「那麼，出發吧！」

就這樣，大家步伐整齊地消失在明智府邸的大門外面。

─下午四點─

利用空餘的時間，少年偵探團努力探訪，但始終都沒有掌握有用的線索。這是連東京數千名員警都無能為力的困難案件。雖說沒有獲得線索，但絕不是因為少年搜查隊無能。而且，日後這些勇敢的少年們還是會立功的。

就在明智偵探下落不明期間，可怕的十二月十日正一天一天地逼近過來。警視廳所有人都坐立不安，不管怎麼說，二十面相預告要盜竊的物品是國家級寶物，搜查課長及中村組長等人都擔心得茶飯不思，人也消瘦了。

可是，在盜案發生前的兩天，也就是十二月八日，發生了一起引發社會極大騷動的變故——東京每日新聞的社會版上刊登了一封二十面相的來信。

東京每日新聞並不是盜賊的專用報紙，可如果收到二十面相的來信，自然不能等閒視之。報社立刻召開了編輯會議，決定全文刊登這封投函。

我早先已經預告了十二月十日將襲擊博物館，更加準確的約定使我感覺更有男人味，所以，在此告知各位東京市民。

具體時間是十二月十日下午四點。

不論是博物館還是警視廳，請盡全力布下警戒。警戒越是嚴密，我的冒險越是光芒萬丈啊！

何等的囂張！光是預告日期就已經膽大包天了，現在連時間都明確地公布了出來。而且，還對博物館和警視廳提出非常失禮的挑釁。

讀了這封信的市民其驚訝不言而喻。到了現在，曾經對此事嗤之以鼻的人們也笑不出來了。

現在的博物館館長北小路文學博士是史學界的老前輩，即使是這個偉大的老學者也不得不認真對待盜賊的預告了，他特地前往警視廳，和局長商量了各種警戒的方法。

不僅僅是這樣，二十面相甚至成了內閣會議的話題。

於是，在全東京人民的不安中，日子徒然地過去，終於到了十二月十日。

國立博物館從那天早上開始，以館長北小路博士為首，三個負責人、十名事務員、十五個守衛和勤雜工一個不漏地出現在崗位上，各自做著警戒的部署工作。

當然這天大門關閉，禁止一切參觀活動。

警視廳中村組長率領精心挑選的警隊五十名員警前往博物館，固守博物館的大門、後門、圍牆周圍以及館內的各個重要地點，形成密不透風的大型警戒陣仗。

下午三點半，警戒陣透出一股戒備森嚴的殺氣來。警視廳的大型汽車已經抵達了，局長帶領部長一起出現，他們心急如焚，坐立不安，非得要親自上陣才能安心。

局長等人在檢閱全體人員的警備狀態之後進入館長室和北小路博士見面。

「勞煩您親自出馬，真是過意不去。」

老博士客氣地打著招呼，局長有些不好意思地露出微笑：「不，真是慚愧至極，但是不能坐以待斃啊！區區一個盜賊，引起這麼大的騷動，實在是一種恥辱。我自從進入警視廳以來，還是第一次受到這麼嚴重的羞辱。」

「哈哈……」老博士無力地笑笑，「我也是一樣。因為那個小毛賊，都失眠一整個星期啦！」

「只剩下二十分鐘了呀！咦，北小路先生，莫非他要在二十分鐘內突破這樣嚴密的警戒，偷出大量的美術品？就算是魔法師，也做不到吧？」

「我不知道，我不明白魔法師，我只希望儘快過了四點就行了。」

老博士用憤怒的口吻說道。他只要提到二十面相都會火冒三丈。

室內的三個人一時間沉默不語，只是緊緊盯著牆壁上的掛鐘。

穿著威風凜凜的制服、好像相撲運動員般的局長；體型標準、有兩撇八字鬍的英俊部長；白鬚白髮、身穿西裝好像藤蔓般消瘦的北小路博士，這三個人分別坐在安樂椅上，不停瞄著掛鐘指針。此情此景少了些莊嚴肅穆，讓人有些彆扭。就這樣過了十幾分鐘，再也耐不住沉默的部長突然開口道：「啊，明智先生到底怎麼了！我和他有過來往，從至今為止的經驗來看，他不是一個會失策的男人啊！」

聽了這些話，局長扭動了一下肥胖的身體，看著部下的臉。

「你們整天明智明智的，好像多麼崇拜他，但我卻不同。再怎麼了不起，充其量不就是個私人偵探嗎？能解決多少事情啊？說是以一個人的力量捕獲二十面相什麼的，真是言過其實啦！這次的失敗對他來說是當頭棒喝啊！」

「可是，想想明智先生迄今為止的功績，也不能一概而論。這樣的時候，真希望那個男人在場啊！」

部長的話還沒說完，館長室的大門被靜靜地打開了，一個人出現在了門口。

「明智就在這裡。」

那個人滿臉笑意，用極其響亮的聲音說道。

「啊，明智先生！」部長從椅子上跳了起來大叫道。

這個人身穿一身體面的黑色西裝，頭髮亂糟糟的，正是明智小五郎。

「明智先生，你為什麼……」

「這些一會兒再說，現在有更重要的事情。」

「當然，必須阻止盜竊案。」

「不，已經晚了。瞧瞧，已經過了約定的時間。」

聽到明智的話，館長、局長、部長不約而同地抬頭看向牆壁上的電子時鐘。分針確實已經越過了十二點的位置。

「哎呀，就是說二十面相說謊囉？博物館裡好像沒什麼異樣……」

「是的，已經過了約定的四點，那傢伙果然是無從下手啊。」

部長好像高奏凱歌般地呼喊道。

「不，盜賊遵守了約定。這個博物館已經被搬空了。」

明智用鄭重的語氣說道。

─大偵探動粗─

「你在說什麼啊？不是什麼也沒有被偷走嗎？我一直親自看守著陳列室。而且，博物館的周圍配置了五十個員警。員警們可都不是瞎子啊！」

局長怒視著明智，氣憤地怒吼道。

「全部被偷走了，二十面相使用了魔法。如果不相信的話，不如一起進去查看一下吧！」

明智平靜地回答道。

「哼，你確定被偷走了？好吧，那麼大家一起去查看。館長，我們一起去陳列室看看這個人說的是不是實話吧！」

因為怎麼也不認為明智會說謊，所以連局長也想要去一探究竟。

「那好吧！北小路先生也一起來吧！」

明智向白髮白鬚的老館長微微一笑，催促道。

於是，四個人一同走出館長室，沿著走廊向陳列大廳走去，明智好像特別照顧年邁的北小路館長，握著他的手，走在最前面。

「明智先生，你難道做夢了嗎？沒有任何異常啊！」

一走進陳列大廳，部長立刻大叫道。

的確如同部長說的那樣，鑲嵌著玻璃的陳列櫃中，國寶級的佛像排列得整整齊齊，沒有什麼東西不見了。

「是那樣嗎？」

明智指了指那邊的佛像陳列櫃，頗有深意地回頭看了看部長的臉，對站在那邊的守衛開口說道：「把這扇玻璃門打開吧！」

守衛不認識明智小五郎，但是由於館長及局長也在場，便聽從了他的命令，立即拿著鑰匙咔吱咔吱地將玻璃門打開了。

緊接著的一個瞬間，確實發生了離奇的事情。

明智偵探該不是神經錯亂了吧？他一走進寬敞的陳列櫃中，就挨近裡面最大的古代木雕佛像，突然將那條造型完美的手臂折了下來。那敏捷的動作讓三個人目瞪口呆，也忘了該去阻止，就在他們瞪大雙眼發愣時，明智將同一個陳列櫃中五尊國寶級佛像一個接著一個，依序變成了無法挽回的殘破品。

有的被折斷了胳膊，有的被扯下了腦袋，有的被擰掉了手指，一副慘不忍睹的樣子。

「明智先生，你在做什麼，喂，住手！」

明智對於局長和部長異口同聲的怒斥充耳不聞，突然跳下陳列櫃，靠近老館長身邊，握住他的手，臉上堆滿了笑容。

「喂，明智先生你究竟在做什麼啊？動起粗來也該有個限度吧！這些可都是博物館裡最貴重的國寶啊！」

氣得滿臉通紅的部長揮起兩隻手，一副要上前抓住明智的樣子。

「哈哈哈……這些是國寶嗎？你的眼睛長在哪裡了。好好看看吧，認真查看一下佛像斷口。」

明智信心十足的語氣使得部長靠近佛像，審視起那些斷口。

你猜怎麼了？從斷口處來看，並沒有如同外表那般古色古香的色調，而是顯露出新鮮的白色木質來。奈良時代的雕刻應該不會是這麼新的木材。

「你是說這些佛像是假的嗎？」

「是的，你們只要有一點欣賞美術品的眼光，一眼就應該明白它們是贗品。用新的木材製成仿製品，塗上塗料，就改頭換面成為古佛像啦！」

明智若無其事地說明著。

「北小路先生，這究竟是怎麼一回事啊？國立博物館的陳列品全部都是贗品……」

局長略顯責備地問老館長。

「意外！太意外了！」

被明智抓住手的老博士驚慌失措，盡力掩飾羞愧。

就在這時，三名館員察覺到騷動，慌慌忙忙地跑進來。其中一個人是古代美術品的鑒定專家，他只看了一眼被破壞的佛像，就發現不對勁，大叫起來。

「啊，這些全部都是仿冒品。可是，奇怪啊！昨天為止這裡放的還是真品呀！我昨天下午進過這個陳列櫃，所以絕對不會弄錯的。」

「也就是說到昨天為止都是真品，但今天突然變成贗品了！真是奇怪啊！究竟是發生什麼事了？」

局長一臉茫然不知所措，環視所有人。

「還不明白嗎？這個博物館完全被掏空啦！」

明智一邊說，一邊指了指其他的陳列櫃。

「什，什麼，那麼，你……」

部長不禁大聲怪叫出來。

剛才的館員察覺到明智話中的意思，大步走到某個玻璃櫃前，將整張臉貼在玻璃上凝視著裡面成排懸掛著的佛畫，隨後馬上大叫出來。

「這個是假的，那個也是假的，館長，館長，這裡面的畫都是贗品，沒有一幅是真的。」

「查看一下所有的陳列櫃吧！快啊，快啊。」

不用部長開口，三個館員各自叫喚著，好像瘋了一般一個接著一個地查看。

「是仿冒品，價值連城的美術品全部都是贗品。」

隨後，他們踉踉蹌蹌地走到樓下的陳列大廳去，片刻之後，回到剛剛二樓的地方，館員的人數已經增加到了十人以上，人人都氣得滿臉通紅。

「下面的情況也是一樣，剩下的全是一些毫無價值的東西。所有的貴重品全都是贗品……不過，館長，我剛才也和大家說起過，這件事實在是太不可思議了。直到昨天，確實連一件仿冒品也沒有。關於這點各個主管人員還是有自信斷言的。僅僅一天，大大小小幾百件美術品猶如中了魔法般變成了贗品！」

館員頓足悔恨，憤懣地大叫道。

「明智先生，我們又一次被那傢伙打敗了呀！」

局長一臉沉痛的神色，回頭望向大偵探。

「是的，博物館是被二十面相盜竊了。我一開始就說了。」

眾人中只有明智沒有一絲驚慌失措的樣子，嘴角甚至浮現著一抹微笑。而且，他始終緊緊握著老館長的手，給他打氣鼓勁。館長備受打擊，連站都站不穩了。

——說出內幕——

「但是，我們也不知道是什麼原因。一天之間，將數量如此龐大的美術品偷換成贗品，這不是人力能夠辦到的。說到贗品，如果找人畫出草圖，並不是不能仿造的，但問題是怎樣替換呢？完全摸不著頭緒。」

館員好像碰上了困難的數學題般不斷地思索著。

「直到昨天傍晚，確定這些都是真品嗎？」

局長詢問道，館員們信心滿滿地異口同聲回答道：「這是毋庸置疑的。」

「那麼，恐怕是昨晚，二十面相同夥的人不知不覺潛入了這裡。」

「不，這樣的事情絕對不可能發生。不論大門還是後門或者圍牆的周圍，都有大量的巡警徹夜看守著。昨晚館長和三個值班人員也一直待在博物館裡面。誰能夠帶著數量龐大的美術品跑進跑出呢？完全是人力無法辦到的事情。」

館員堅決地說道。

「實在是匪夷所思……可是，二十面相那傢伙也沒有原先他自吹自擂的那樣光明磊落呀！預先掉包就算偷盜成功了，十日下午四點下手的預告也就完全沒有意義了啊！」

部長有些氣急敗壞。

「但是，這絕不是毫無意義的。」

明智小五郎好像是在為二十面相辯護。他和老館長北小路博士一直就這麼親密地握著手。

「啊，你說不會毫無意義？那究竟是怎麼一回事！」

局長一臉不可思議地看著大偵探詢問道。

「請看那個。」明智靠近窗戶，指著博物館後面的空地，「盜賊必須等到十二月十日的祕密就是那個。」

那塊空地上建造著館員值班室，那是從博物館創立時便存在的老舊日式建築，可是由於常年沒有使用，從數天前開始拆毀，已經差不多拆除完畢，舊木材和平瓦等材料堆積得到處都是。

「可是，那個和二十面相究竟有什麼關係呢？」

部長吃驚地看向明智。

「馬上就能明白有什麼關係啦……麻煩哪位幫忙傳個話吧？讓中村組長趕緊帶著

今天白天看守後門的警官到這裡來。」

聽了明智的吩咐，一個館員著急地跑下樓梯去，不久就帶著中村組長和一個警官一起回來了。

「你白天的時候在後門那個位置嗎？」

明智立刻詢問道，在局長的面前，警官態度特別謹慎，用直立不動的姿勢回答了一聲是的。

「那麼，從今天正午開始到一點左右的時間裡，你有看見一輛卡車從後門開出去了吧？」

「您說的是裝載著那些舊木材的卡車嗎？」

「是的。」

「確實有一輛。」

警官臉上的表情好像是在問那舊木材怎麼了。

「各位都明白了嗎？這就是盜賊魔法的祕密。表面看上去好像都是舊木材，事實上，卡車裡裝的全是失竊的美術品！」

明智環視了一圈所有的人，說出這個令人吃驚的內幕。

「那麼，你是說搬運工中混進了盜賊的手下嗎？」

中村組長不停地眨著眼睛反問道。

「不是混入，可能搬運工全部都是盜賊的手下。二十面相早做好了萬全的準備，就等著這個絕佳的機會。我沒記錯的話，房屋的拆除工作是從十二月五日開始的吧！相關人員在三個月前應該就知道施工的日期了。如果是那樣，十號這天不正好是運出舊木材的日子嗎？預告中的『十二月十日』這個日期可以由此推算出來。另外，下午四點意味著真正的美術品已經全部被搬運到了盜賊的巢穴，這個時間即便被發現是贗品也不會有任何影響了。」

這是個多麼周密的計畫啊！二十面相的魔術，不論什麼時候都準備了一般人無法想像得到的安排。

「可是明智先生，就算能將美術品搬運出去，可是盜賊是怎麼進入陳列室的？真品和贗品又是什麼時候互換的呢？」

聽口氣，部長好像對明智的話半信半疑。

「物品互換是在昨天晚上深夜完成的。」

明智用洞悉一切的口吻接著說道。

「盜賊部下偽裝成的搬運工每天來這裡工作的時候，已經一點點地將仿造的美術品搬運進來了。如果將畫作卷成細條，佛像分解成手、腳、頭、軀幹分別用草席包裹著，和木匠的工具儀器一道帶入的話，不用擔心被人懷疑。大家都只是留心防盜，自然不會注意帶進來的東西啦！仿造品全部藏在堆積如山的舊木材中，一直到昨天深夜。」

「可是，是誰替換的呢？搬運工們不是昨天傍晚就全部回去了嗎？就算有幾個人偷偷地留在建築物內，他們是怎麼進入陳列大廳的呢？晚上進出口是完全被鎖死的，館長先生和三位值班人員一宿沒睡地看守著。要替換數量這麼龐大的物品根本是不可能的！」

一名館員提出極合理的質疑。

「那是因為二十面相準備了另一個膽大包天的手法。昨晚三個值夜班的人今天早上各自回家去了吧？先給三人家中打個電話，確認一下他們是否回家了吧！」

明智再一次說出奇怪的話來。一個館員立刻去打電話，知道了三個人自昨天傍晚離家以後都還沒有回家。由於是非常時期，值班人員的家人以為他們是留下來幫忙了。

「三個人離開博物館已經過了八、九個小時，但都沒有回到自己家中，不是有點奇怪嗎？昨天晚上徹夜未眠，總不會是拖著疲憊的身子到處去遊玩吧。為什麼三個人沒有回家呢？你們明白其中的意義嗎？」

明智又掃視了一圈每個人的臉，接著開口說道：「只有一種可能，因為三個人被二十面相一夥給綁架了。」

「啊，被綁架了？那是什麼時候的事情？」

館員大聲叫道。

「是昨天傍晚，三個人為了值夜班從家裡出發的時候。」

「那麼昨天晚上在這裡的三個人是……」

「是二十面相的部下。真正的值班人員被關押到盜賊的巢穴裡，取而代之的是盜賊的部下來博物館值夜班。多麼簡單的做法啊！正因為盜賊來值班看守，替換美術品也就變得輕而易舉啦！

各位，這就是二十面相的手法啊！看起來好像人力無法辦到的事情，只要好好地計畫就簡簡單單地完成了。」

明智偵探好似讚揚二十面相的好頭腦，說完後，緊緊地握住了館長北小路老博士的手腕，甚至握得有些太用力了。

「喔，那是盜賊的手下啊？真是大意啦！我真是疏忽啊！」

老博士抖動著白鬚，非常沮喪。他雙目上吊，臉色一片蒼白，看起來極其憤怒的模樣。可是，老博士為什麼沒能夠看出三個人是假冒的呢？二十面相就不用說了，他的三個手下竟然也以逼真的偽裝騙過了館長的眼睛，真是萬萬沒想到。可是北小路博士這等人物，竟然也輕易地上了當，不是有些奇怪嗎？

─逮住怪盜─

「可是，明智先生。」

局長等到說明結束後，詢問明智偵探道：「你詳細地說明了美術品被盜的過程，可是這一切都只是你的想像吧？還是說，有什麼確切的證據嗎？」

「當然不是想像。我親耳從二十面相的部下那裡聽到，並瞭解了一切祕密。」

「你說什麼？你和二十面相的部下見面了嗎？究竟在什麼地方？怎麼聽到的？」

「在二十面相的巢穴聽到的。局長，你還記得我被二十面相綁架的事情吧？不論是我的家人還是社會大眾都這麼認為，報紙也是這麼報導。可是，說實在的那只不過是我的計策罷了。我並沒有被綁架，反而成為了盜賊的同夥，幫忙綁架了某個人。

那是去年的事情了，某一天有人上門要拜我為師。我見到那個男人後，大大地吃了一驚。甚至懷疑眼前該不是立著一面巨大的鏡子吧！為什麼這麼說呢？那個人身形、面容、髮型，都和我十分相似，簡直就是一個模子刻出來的。總之，他希望我雇他當替身。

我沒有讓任何人知道，雇用了那個男人，讓他住在某個地方，而這次終於派上用處了。

我那天外出後，去了那個男人的藏匿處，和他交換了衣服，讓那個男人扮作我先回到我的事務所。一會兒，我自己喬裝成流浪漢，造訪了明智事務所，在門廊前和自己的替身進行了激烈的格鬥，都是為了給二十面相的部下看。

盜賊的部下看到那樣的情況，完全相信了我。因為我和明智有著仇恨，他理所當然推薦我成為二十面相的部下。因此，我在幫忙綁架了我的替身以後得以進入盜賊的巢穴。

可是，二十面相那傢伙也絲毫沒有大意，從成為同夥那天開始，他盡是差我做些巢穴裡的工作，一步也不讓我外出。當然，盜竊博物館美術品的事也一點都沒有向我透露。

終於到了今天，下午兩點左右，盜賊巢穴地下室的入口打開了，許多穿著搬運工衣服的部下抱著貴重的美術品，一窩蜂地走了進來。當然這些就是博物館的失竊物。

我留守在地下室的那段時間裡，準備好了酒菜，勸說回來的部下和我一起慶祝。盜賊的部下們沉浸在成功的喜悅中，開始飲酒作樂，大約過了三十分鐘，一個倒下了，兩個倒下了，終於一個不剩地全部醉倒在地。

其實我從盜賊的藥品室裡取出了迷藥，預先攙進酒水裡面。然後，我從那裡脫身，急忙趕去了附近的員警署，說明情況後，拜託他們逮捕二十面相的部下及保管地下室內的全部失竊物品。

能夠收回全部的失竊物品，十分值得高興。不論是國立博物館的美術品，還是那個可憐的日下部老人美術城裡的寶物。除此之外，二十面相至今偷竊的所有物品都將物歸原主。」

大家好像醉了一般入迷地聽完了明智冗長的說明。啊，大偵探這個稱號真是名副其實。他實現了自己的諾言，僅憑一人之力，查明了盜賊的巢穴，取回了所有的失竊物品，抓獲了眾多犯人。

「明智先生，做得好啊！我一直以來好像都低估你了，請接受我最誠摯的謝意。」

局長突然靠到大偵探的旁邊，握住了他的左手。

為什麼握住左手呢？那是因為明智的右手正使用著，那隻右手至今還是緊緊地握著老博物館長的手。真是奇怪啊！明智為什麼要那樣握著老博士的手呢？

「那麼，二十面相那傢伙也吃下了迷藥嗎？你光說了那部下的情況，一次也沒有提到二十面相，難道是被他逃脫了嗎？」

中村搜查組長忽然注意到這一點，擔心地詢問道。

「二十面相沒有回地下室來啊！可是，我確實抓住那傢伙了。」

明智笑嘻嘻的，用一如既往吸引人的笑臉回答著。

「在什麼地方啊？究竟在哪裡抓到的？」

中村組長追問道。其他人也都目不轉睛地注視著大偵探的臉，期盼著他的回覆。

「在這裡抓到的。」

明智異常沉著地回答道。

「在這裡？哪裡？」

「就在這裡啊！」

明智在說什麼啊？

「我是說二十面相啊！」中村一臉驚訝地重新問道。

「我也是說二十面相呀！」

明智鸚鵡學舌般回答說。

「別搞得像猜謎一樣！這裡不都是我們熟悉的人嗎？你是說二十面相就躲藏在這個房間裡啊？」

「勉強算是吧！首先，看一看證據吧……不知能否再麻煩一下哪位，將接待室裡等著的四位客人叫到這裡來？」

明智又一次說了出乎意料的話。

一名館員急忙跑下樓去。沒等多久，階梯上響起許多人的腳步聲，四名所謂的客人出現在大家面前。

看到他們，在座的人都驚訝萬分，禁不住發出「啊」的喊叫聲來。站在四個人前頭的是白髮白鬚的老紳士，那才是貨真價實的北小路文學博士啊！

接著的三個人都是博物館的館員，就是從昨天傍晚開始失蹤的那些人。

「這些人是我從二十面相的巢穴中救出來的喲！」

明智說明著。

可是，這到底是怎麼回事呢？怎麼出現了兩個北小路博士呢？

一個是剛剛從樓下走上來的北小路博士，另一個是一直被明智抓住手的北小路博士。

不管是服裝還是容貌都分毫不差，兩個老博士面面相覷，互相瞪視著對方。

「各位想必都知道二十面相是一個變裝好手吧？」

明智偵探才說完，就將老人的手擰到身後，按倒在地板上，隨後一把揪掉了他的白色假髮和假鬍鬚。顯露出來的是烏黑的頭髮和年輕光滑的臉頰。不用說，這個人正是貨真價實的二十面相。

「哈哈哈……二十面相先生，真是辛苦你了呢！從一開始你就相當難受吧。一動不動地忍耐著，眼睜睜地看著自己的祕密被揭露出來，還必須若無其事地聽著！就算想要逃跑，在這麼多人的面前也無法逃脫出去。再說了，我的手代替了手銬，一直緊緊地握著你的手腕！手腕沒有麻痺吧？哎呀，原諒我吧，我好像有些太欺負你啦！」

明智憐憫地俯視著沉默無言低垂著頭的二十面相，說著挖苦的安慰話。

可是，偽裝成館長的二十面相為什麼沒有更早一些地逃出去呢？目的達成了以後和三個冒牌的館員一起迅速撤離的話，就不會遇到這樣丟臉的事情了吧！

各位讀者，這就是二十面相。不逃跑，反而厚臉皮地留下來，的的確確是二十面相的作風。他想要觀賞那些員警們發現贗品時的驚訝場面。

如果明智不出現，館長會裝作下午四點發現美術品被盜，令在場者目瞪口呆。這不正是二十面相的作風嗎？但是，他自信過頭了，造成了這場無可挽回的失策。

然後，明智偵探轉向局長：「那麼二十面相就交給你們了。」他嚴肅地說完，行了一個禮。

大家面對過於意外的場面都已經驚呆了，也忘了稱讚大偵探的傑出功勞，只是一動不動地呆立著。不久，重振精神的中村組長大步走到二十面相的旁邊，取出事先準備好的繩索，不一會兒就手法熟練地將盜賊的雙手捆綁在後面。

「明智先生，謝謝。多虧了你，我們才能夠抓到二十面相。沒有比這更叫人高興的事啦！」

中村組長的眼中泛著感謝的淚光。「那麼，我帶這個傢伙出去了，也讓守候在大門口的各位警官高興一下吧……喂，二十面相，站起來。」

組長押解著垂頭喪氣的二十面相，向大家頷首後，和剛才佇立在旁邊的員警一起歡喜地走下階梯去了。

博物館的大門口聚集著十幾名警官，看到組長出現，便爭先恐後向那邊跑去。

「各位，告訴大家一個值得高興的消息。由於明智先生的大力協助，終於逮捕了二十面相。」

組長洋洋得意地宣布後，警官們集體發出了一陣歡呼聲。

二十面相真是慘不忍睹。大概是意識到自己氣數已盡了吧，連厚著臉皮假笑的力氣也沒有了，就這樣老實地低垂著頭，連臉都不敢抬。

然後，大家排列成隊將盜賊包圍在中間，走出大門。門外是像森林般的樹叢，樹叢的對面正停著兩輛警車。

「喂，誰去叫一輛車子過來！」

接到組長的命令，一個警官握著警棒跑出去。一群人的視線追隨著他，集中到遙遠的警車上。

這一剎那，對於盜賊來說是絕佳的機會。

二十面相咬緊牙關，用盡全身的力氣一下子甩開了中村組長握著的繩尾。

「喂，你站住！」

組長大叫著站穩身子的時候，盜賊已經像離弦的箭般跑出了十公尺左右。他用雙手被反綁的奇怪姿勢，踉踉蹌蹌地朝著樹林中飛奔而去。

樹林的入口處站著十個小學生，注視著這情景。

二十面相一邊跑，一邊想著這些小鬼真是礙事啊，而要跑進森林裡去又不得不經過那裡。

「不過是些孩子，如果看到我可怕的表情，一定會害怕地逃走的。如果沒跑，衝散他們就行了。」

盜賊瞬間打定了主意，毫無顧忌地向著成群的小學生猛衝了過去。

可是，情況超出了二十面相的預期，小學生不但沒有逃跑，還「哇」地大叫著朝盜賊猛然撲了過來！

各位讀者，你們已經明白了吧？這些小學生就是少年偵探團。少年們已經在博物館周圍徘徊了很長時間，摩拳擦掌地等待著出手的時機。

為首的小林少年瞄準二十面相，好像子彈一樣飛撲過去，接著是羽柴壯二……轉眼間，一個個少年疊壓在盜賊身上。

二十面相終於罪有應得了。

「啊，謝謝，你們真是勇敢啊！」

追上來的中村組長向少年們道謝，和部下同心協力押解著盜賊，向警車所在的方向走去。那時，從大門裡出現一個穿著黑色西裝的紳士，正是知道了騷動後跑出來的明智偵探。小林少年眼尖地發現了先生的身影，驚喜地大叫出來，跑到他身邊去。

「啊，小林。」

明智偵探也不由得叫著少年的名字，張開雙臂，將跑過來的小林緊緊地抱在懷中。

真是一個美好的場景，令人振奮。這對叫人羨慕、感情深厚的師徒，終於逮捕了怪盜。

站成一排的警官們也為這美好的場景而高興，笑容滿面地注視著兩個人的模樣，鼻子竟有些發酸。少年偵探團的十個小學生已經忍不住了，不知是誰起了個頭，大家不約而同向空中高高地舉起雙手，一片稚嫩的童聲齊齊響起，一遍又一遍地重複呼喊著。

「明智先生，萬歲！」

「小林隊長，萬歲！」

少年偵探團系列

推理文學巨擘江戶川亂步經典作品——《少年偵探團》系列重磅登場！與《怪盜二十面相》正面交鋒；看《少年偵探團》勇於冒險、抽絲剝繭；跟蹤《妖怪博士》、發現重大秘密，再多的危機與謎團，機智的名偵探與少年偵探們總是有辦法！為孩子們寫的推理小說，跟著亂步，當個臨危不亂的小偵探！

怪盜二十面相

江戶川亂步　著　譚一珂　譯

離家十多年的羽柴壯一突然來信告知家人自己要回國，同時羽柴家收到怪盜二十面相即將來偷盜寶石的預告信。羽柴一家一方面期待許久不見的壯一回來，一方面又對怪盜二十面相的犯罪預告惴惴不安。沒想到寶石仍舊被偷走了。羽柴家向鼎鼎大名的偵探明智小五郎尋求協助，接著便衍伸出一連串意想不到的發展。亂步以明智小五郎以及助手小林的互動，帶領讀者推理故事的情節，並給予少年小林大篇幅的描寫，兒童的機智與勇敢在作品中充分被呈現。

少年偵探團

江戶川亂步 著 曹藝 譯

東京都裡出現了一個渾身黑的怪物，黑暗中會咧開嘴陰森的笑，人們稱他為「黑魔」。黑魔已經陸續拐走幾個五歲的女童，卻又像是抓錯人般的中途放了他們。這些受害者遭到黑魔襲擊的地方都在篠崎——少年偵探團成員之一，的住家附近，篠崎的妹妹似乎也被盯上，更進一步得知家中有個寶石也許就是黑魔的目標！

為了保護妹妹與寶物，藤崎與少年偵探團正式向黑魔宣戰，有了名偵探明智小五郎的協助，神秘的黑魔與寶石的祕密即將被解開。

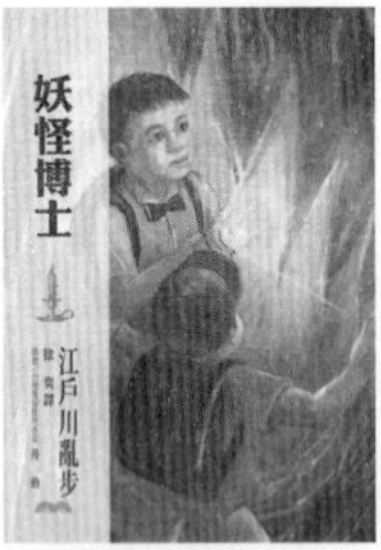

妖怪博士

江戶川亂步 著 徐奕 譯

少年偵探團成員泰二偶然跟蹤了一個形跡詭異的老人，沒想到竟一步步掉進老人的陷阱。老人自稱「蛭田博士」，他將泰二催眠後命令他回家偷出有關國家機密的文件，更將泰二拐走。此外，蛭田博士更綁架了少年偵探團的其他孩子，邪惡的力量正一步步侵蝕著少年偵探團，究竟蛭田博士的陰謀是什麼？大偵探明智小五郎親自出馬，拯救被妖怪博士折磨的孩子們，更進一步揭開妖怪博士的真面目。

青青

青青書系簡介——陪伴青少年走過人生最美時光

旺盛的生命力，從翠綠出發！

給青少年最青的文學閱讀，優質、多元、有趣。

我們相信：文字開拓的無限想像，是成長的必備養分。青青書系充滿新鮮的想法、新時代的感性，以輕量閱讀讓文學變得親近可愛。但願年輕的心靈迷上字裡行間的美好，由此探尋自身、關懷世界，親自品味如歌如詩的青春。

長腳的房子

蘇菲・安德森 著　洪毓徽 譯

即使是死亡，也能啟發我們去擁抱生命。

十二歲的瑪琳卡夢想擁有平凡的生活：住在普通的房子裡，和普通人做朋友。可偏偏她的房子長了一雙雞腳，總是毫無預警地將她和祖母帶到陌生的地方。這一切都因為瑪琳卡的祖母是一名雅嘎，負責引導死後的靈魂前往另一個世界，而瑪琳卡註定要延續這份使命。年輕的瑪琳卡不願一輩子過著與死人為伍的生活，她決心扭轉自己的命運。殊不知這個決定將讓她的人生失去控制，而同時房子卻有自己的打算……